CONTOS QUASE REAIS

João Carino

NUMA

Para Julia, Luiza e Cristiane

Sumário

João Carino, o Zezinho de Nervina

apresentação por André Diniz

Em 1947, Henrique Foréis Domingues, o Almirante, radialista, integrante do Bando dos Tangarás (com Noel Rosa) e pesquisador da música popular brasileira, iniciou o programa Incrível! Fantástico! Extraordinário! pelas ondas da Rádio Tupi. A série de programas - que durou onze anos - se dedicava a relatos verídicos de terror e assombração enviados por cartas de ouvintes do país inteiro. Tinha de tudo: casa mal-assombrada, vulto de mulher, amigo misterioso, a dívida do morto, mulher de branco, operação espiritual, caminhão fantasma e outras coisas malucas. Mas falei em Almirante, "a mais alta patente do rádio nacional" e, por associação, penso no livro do radialista, pesquisador, produtor e amigo João Carlos Carino.

Afilhado de Almirante, Carino é daqueles multifacetados personagens da cultura brasileira. Fez de tudo um pouco e com reconhecimento nacional. De uma passagem rápida pela polícia civil como detetive, certamente algumas histórias do seu livro saíram do mundo de Rubem Fonseca, foi apresentador radiofônico e televisivo com reconhecido programa de choro. Em sua face produtor, colocou no mercado uma discografia luxuosa de Elizeth Cardoso, Raphael Rabello, Altamiro Carrilho, Chico Buarque, entre tantos outros artistas da MPB. Há décadas realizou o sonho de criar o maior site de discografia da música popular no Brasil, o IMMUB – referência obrigatória para pesquisadores.

Em sua primeira publicação de narrativa literária e memorialista, Carino recupera a temática das cartas do programa de Almirante. Os Contos quase reais trazem seu domínio da escrita em narrativas divertidas, retrato de tempos e lugares que os leitores certamente reconhecerão, senão por experiência própria, por ouvir falar. Afinal, o cenário em que se passam os contos faz parte do imaginário brasileiro, assim como as situações a que os personagens estão dispostos.

Carino traz observações agudas sobre épocas e passagens que viveu, ou quase, afinal o livro é uma ficção, ou quase. O texto é, ao mesmo tempo, informal e próximo, mas não perde o rigor em relação à língua, o que faz com que os leitores sejam conduzidos ao final com muita leveza.

São vinte e cinco contos que passeiam por diversos assuntos e situações. Todos têm como mote o verso de uma canção. O autor junta, dessa maneira, duas de suas paixões: a escrita e a música.

Não contem pra ninguém, mas eu tenho cá comigo uma desconfiança. Joao Carino é Zezinho de Nervina, um completo Zezinho de Nervina, um dos seus principais personagens. Em sua literatura, em sua narrativa, Carino encarnado de Zezinho de Nervina é um Fernando Pessoa dos trópicos, que brincava com os poetas dizendo que eles eram "um fingidor, chegando a fingir que é dor a dor que deveras sente." Você acreditará em alguma história desses contos? Seria tudo invenção de Carino Nervina? Leiam e me falem sobre esse delicioso livro.

André Diniz é professor e escritor

NOTA QUASE REAL

do autor

Este é o meu primeiro livro de ficção. Ou quase isso. O livro anterior era sobre as histórias dos gêneros musicais que nasceram na cidade do Rio de Janeiro. Desta vez é diferente. Eu me dei conta que tinha um monte de histórias para contar de fatos que se passaram comigo ou que me contaram. E, como o tempo presente é muito automatizado e sem graça, optei por narrar histórias com as cores do passado, quando o mundo tinha muito mais bossa, a música era melhor, e as pessoas amavam mais o seu semelhante do que os seus pets. Por isso, quase todas as histórias são de um tempo quase presente, sem tanto agrotóxico.

Outra coisa: boa parte do que você vai ler é verdade. Quer dizer, são quase mentiras. Mentiras não, invenções, floreios em torno de uma verdade que vai se perdendo, se esvaindo ao longo do texto. Coloquei o que achei que poderia ter sido. Alguns contos são religiosamente verdadeiros, aconteceram de fato, mas são poucos. Nem sempre a verdade é engraçada ou tem um final inusitado e curioso. Por esta razão, muitas vezes me afastei dos fatos para não perder a piada. Gosto também do absurdo.

Falando em absurdo, minha competente consultora editorial Luciana Figueiredo implicou com os meus termos politicamente incorretos ou errados que insisti em deixar nos textos, tais como chamar indígena de índio, estadunidense de americano, entre outros códigos contemporâneos com os quais ela comunga e os quais defende. Argumentei que sou idoso, provecto e que a minha senilidade permite esses arroubos de inconformismo com as mudanças (erradas) do mundo. Portanto, caro leitor, a culpa por todos os termos politicamente incorretos que você encontrar é minha. Minha culpa, minha máxima culpa. Como sou um ateu não praticante, não me importo em levar esses pecados para o túmulo. Mas, verdade seja dita, a Luciana me avisou, insistiu, argumentou e chegou até a ficar uns dias sem falar comigo. Ainda bem que me perdoou.

1858

1.

Gafanhoto sem bunda[i]

Eu devo, não quero negar,

mas te pagarei quando puder

Se o jogo permitir, se a polícia consentir

e se Deus quiser[ii]

i - Conto inspirado na história contada na página 85 do livro *Noel Rosa, uma biografia*, de João Máximo e Carlos Didier (Linha Gráfica/UNB, 1990).

ii - "Malando medroso", Noel Rosa (domínio público/Mangione & Filhos)

Naquela tarde, o jogo seria diferente. Lá estava agachado um GSB, ou melhor, um "Gafanhoto Sem Bunda", apelido que davam aos alunos do Ginásio São Bento por conta das iniciais que traziam no uniforme do colégio. O garoto espreitava o jogo onde o banqueiro ludibriava os fregueses incautos. Ele tentava entender e aprender como se fazia o truque, acompanhando atentamente os ágeis movimentos do malandro.

Tudo se desenrolava em cima de um caixote com três chapinhas de cerveja e uma bolinha preta. O jogo consistia em adivinhar onde havia sido escondida a bolinha preta. O jogador tinha que escolher embaixo de qual das três chapinhas estaria a bolinha. O banqueiro, depois de colocar a bolinha embaixo de uma das chapinhas, com muita habilidade nas mãos, praticamente um prestidigitador, arrastava as chapinhas de um lado para o outro com rapidez e dizia:

– Uma vai, outra vem, esta dança, a outra gira... O ilustre cavalheiro não quer adivinhar onde está a preta bolinha?

O banqueiro quase sempre vencia. Só perdia por conveniência, para aumentar as apostas e atrair novos jogadores. Normalmente, a bolinha não estava embaixo de nenhuma das três chapinhas de cerveja. O malandro escondia embaixo da unha. Esse jogo era proibido, e a chegada da polícia era monitorada por um outro comparsa, que ficava vigiando na esquina.

O banqueiro movia as chapinhas com destreza.

– Esta ganha, esta perde. Está aqui ou ali? Quem sabe?

– Cinco mil reis. O dobro ou nada. – O garoto entrega o dinheiro.

– Feito. Onde está? – indaga o banqueiro.

O garoto dispara:

– Debaixo da sua unha!

– O que é isso rapaz, tá querendo arrumar confusão?

– Está debaixo da sua unha! Devolve meu dinheiro e mais cinco mil reis!

– Nada disso, o jogo acabou! Some daqui, moleque!

O jovem ficou indignado e voou em cima do banqueiro, gritando:

– Ladrão, filho da puta!

Bateu, mas também levou uns bons sopapos. Era a primeira surra que levava na vida. Inconformado, pegou o bonde para Vila Isabel sem um tostão nas mãos.

194771

2.

Zezinho de Nervina

Se a guerra for declarada

A rapaziada ganha na moral

Se aliste, meu camarada

A gente vai salvar o nosso carnaval[i]

i - "Rio 42", Chico Buarque (Marola Edições)

No dia 22 de agosto de 1942, Getúlio Vargas se reúne com seus ministros no Palácio Guanabara. Depois de uma hora e meia de discussão, o governo anuncia que o Brasil estava em "estado de beligerância" com a Alemanha Nazista e a Itália Fascista. Na prática, era uma declaração de guerra. E foi essa a última palavra usada por alguns jornais brasileiros em suas edições extras publicadas no mesmo dia: "Guerra!".

– Dona Nervina, Dona Nervina – gritou o carteiro.

– O que é meu filho?

– Chegou uma carta pra seu filho Zezinho. Acho que é a convocação da guerra.

– Me dê aqui, menino, deixa eu ver isso – disse logo, pegando a carta da mão do carteiro. – Mande recomendações pra sua mãe.

– Obrigado, Dona Nervina, vou mandar – respondeu o jovem.

– Zezinho, carta pra você. Venha aqui.

– O que é, mãinha?

– Chegou essa carta. Acho que é a convocação pra guerra, abra ligeiro.

Dona Nervina era viúva e morava com o filho Zezinho na cidade de São José da Lage, em Alagoas. Zezinho acabara de fazer o TG 183, Tiro de Guerra da cidade, e não queria saber de trabalhar ou estudar. Seu negócio era cantar, tocar violão e tomar banho no rio Canhoto com os amigos. Sabia decoradas todas as músicas daquela época, e era um sucesso entre as meninas da cidade. Seu pai havia deixado uns imóveis de herança e uma pensão para sua mãe. Não era rico, mas também não era pobre.

Zezinho de Nervina, como era conhecido, pegou a convocação e leu-a para a mãe, que era analfabeta. Disse a ela que deveria se apresentar no Rio de Janeiro em dez dias.

Dona Nervina chorou, gritou e, depois de uns dias, entendeu que a convocação de Zezinho seria para uma finalidade nobre. Lembrou do seu finado marido, funcionário público, que havia dedicado a vida a servir sua cidade. No dia da partida, foi levar seu filho na estação para se despedir e entregou a ele suas economias. Zezinho estava forrado para sobreviver por um bom tempo na capital. Levava suas roupas e seu violão. Partiu alforriado.

Zezinho de Nervina chegou na Cidade Maravilhosa e foi direto molhar os pés no mar de Copacabana. Depois de se apresentar ao Exército, ficou esperando o dia da convocação. Na noite anterior ao embarque, para se despedir da vida, com a certeza que não voltaria da guerra vivo, resolveu comemorar com os amigos. Cantou, tocou seu violão e bebeu mais que deveria. Acordou na cama de um bordel de quinta categoria, na zona do meretrício, ao lado de uma linda rapariga. O navio zarparia em trinta minutos. Agora lascou, pensou. Correu muito para chegar a tempo no cais. Quando estava se aproximando, viu a embarcação já distante. Naquele momento, ninguém imaginava que aquele havia sido o último navio brasileiro mandado para a guerra.

Zezinho sentou na murada do porto, desconsolado. No primeiro momento achou que aquilo era um pesadelo, que não podia estar acontecendo com ele. Em seguida lembrou do seu pai, funcionário público exemplar, que nunca chegou atrasado na repartição. Agora estava ali, sozinho, sentindo uma enorme vergonha de si mesmo. Era mais do que tristeza. Sentia-se inválido, um homem que não prestava para nada nesta vida.

Foi encontrado chorando, com as roupas amassadas, barba por fazer e cheiro de cachaça. Para completar, foi levado preso pelo comando militar, mas não ficou muito tempo encarcerado. Uma semana depois, já estava alocado nos serviços portuários. O exército não podia se dar o luxo de manter seu pequeno contingente detido naquele momento de guerra. Precisava de pessoal em terra, dando apoio logístico.

Sempre preocupado com os acontecimentos, Zezinho acompanhava as notícias com interesse. Lia todos os jornais e ouvia o noticiário no rádio. Estava por dentro dos fatos, conhecia os mínimos detalhes das tropas brasileiras, suas incursões e conquistas na Europa.

Começou a escrever para a mãe. Decidiu omitir os fatos de ter perdido o navio e de estar servindo em terra. E fez o inesperado: mentiu, inventando que já estava embarcado para a Europa. Na carta, assumiu o papel de soldado destemido, que partira para enfrentar todos os perigos e defender sua Pátria amada, Mãe gentil.

Como dona Nervina não sabia ler, pedia ajuda aos vizinhos. Por causa disso, as aventuras de Zezinho começaram a se espalhar pela pequena cidade de São José da Lage. Em pouco tempo, suas cartas atiçaram a curiosidade das pessoas. A cada nova carta de Zezinho, um pequeno grupo de amigos, vizinhos e interessados se reunia para saber das novidades do *front* em primeiríssima mão.

Sem nada para fazer, Zezinho começou a romancear sua vida de soldado, inventou o nome dos seus colegas de batalhão, o que comia e o que bebia. Nas cartas, lastimava o desconforto e o frio, e descrevia as sórdidas e sangrentas batalhas contra os alemães. Narrava a conquista das cidades italianas de Camaiore, Pescaglia, Bologna e de tantas outras, sempre com riqueza de detalhes.

Nesta altura, em São Jose da Lage, até o prefeito já fazia parte do seleto grupo de leitura das cartas do destemido Zezinho de Nervina. As missivas, depois de lidas em primeira mão por esses privilegiados, eram divulgadas no jornal local, virando notícia. O prefeito, orgulhoso, mandava elogios ao bravo soldado. Isto só serviu para aguçar a ambição de Zezinho. Quando começou a escrever os relatos, não esperava tanta repercussão das suas aventuras na terra natal.

E as histórias de valentia aumentaram. Narravam que, após a libertação de várias cidades italianas, Zezinho começou a conquistar Montecastello e outros montes, Belvedere e Nuovo. Cada carta uma vitória, uma aventura de cinema. Os alemães morriam às pencas na ponta da baioneta daquele herói alagoano.

A cidade acompanhava cada passo, cada tiro, cada local conquistado. Devido a sua imensa abnegação e destemor, Zezinho passou a exaltar suas bravatas e o reconhecimento da sua coragem com as inúmeras medalhas que começava a amealhar. Falava das cerimônias de entrega das condecorações recebidas, dos discursos, dos soldados cujas vidas ele tinha salvado em atos de bravura, inclusive de oficiais americanos. Os conterrâneos ficavam em polvorosa com todas as façanhas do jovem rapaz. Em pouco tempo, ele se tornou um orgulho e uma referência para toda a população.

Em uma das cartas, revelou um segredo. Disse que havia sido chamado pelo alto comando para uma missão especial, top secret. A missão fora dada diretamente pelo Comandante em Chefe, o General americano Eisenhower: teria que matar Hitler dentro do seu covil.

Zezinho de Nervina não era somente mentiroso; era danado e ardiloso. Percebendo que a guerra estava acabando, ficou sem escrever para a mãe por um bom tempo. A ideia era causar suspense. Queria que todos ficassem curiosos com o que havia acontecido naquela ousada investida no local onde Hitler se abrigava. A cidade, sem notícias frescas, estava apreensiva com o destino do corajoso Zezinho de Nervina e sua missão de matar Hitler no Ninho da Águia.

Finalmente, a guerra acabou.

A chegada da última carta provocou um alvoroço. Além de todos ficarem sabendo que Zezinho havia sobrevivido depois de tantas batalhas, finalmente ele ia regressar para casa. Na cidade seguia o mistério da perigosa e arriscada missão de matar Hitler. Todos haviam presumindo que ele tinha conseguido matar Hitler e que por isso a guerra havia terminado. Mas esse desfecho o povo só ia mesmo saber quando ele voltasse a São José da Lage.

Como Zezinho trabalhava no porto, ao longo dos anos foi comprando apetrechos de guerra diretamente dos pracinhas que voltavam da Europa. Em pouco tempo, já tinha conseguido comprar medalhas como a Cruz de Combate, a medalha de Sangue, a medalha de Campanha, entre muitas outras.

Era um lindo dia de semana, com sol a pino, quando o trem que trazia Zezinho despontou na curva. Assim que desceu do vagão, a banda começou a tocar um dobrado. Toda a população estava presente, foi um reboliço geral. O valente soldado foi transportado pela cidade em cima de um jipe aberto, desfilando. A banda tocava sem parar ao lado do veículo. Ele passava, orgulhoso, peito estufado, acenando. O povo aplaudia com entusiasmo da porta de suas casas. São José da Lage nunca tinha tido um morador tão famoso.

O cortejo parou diante da prefeitura. O prefeito, ao lado da ilustre Nervina, mãe de Zezinho, esperava na entrada do prédio. Foi uma comoção. Jamais imaginariam receber um verdadeiro herói de guerra, impecavelmente uniformizado, com tantas condecorações.

Zezinho de Nervina era aguardado na prefeitura com uma farta mesa de comidas, bebidas e muita pompa. As autoridades presentes estavam visivelmente empolgadas, talvez até um pouco eufóricas. Todos queriam ser amigos do destemido soldado, pegar carona política no seu prestígio.

No meio do almoço, sua excelência o prefeito perguntou:

– E aí, Zezinho, como foi o negócio do Hitler?

Com estudada displicência, Zezinho respondeu:

– Rapaz, é o seguinte, era tiro pra cima, tiro pra baixo. Eu e mais dois amigos. Falei: bom, é agora que a gente vai ver o homem, se ele tá lá dentro, vamos buscar.

Com todo mundo hipnotizado pela história, ele prosseguiu:

– Aí, a gente invadiu o bunker matando todos os seguranças. Era um buraco profundo, e fomos descendo.

Cheguei no fundo poço e fui logo perguntando: quem é esse cara, esse tal de Hitler? E, quando olhei, ele estava bem na minha frente, sentado. Era um cabra baixinho, um homem pequeninho, com um bigodinho safado, olhando assustado pra mim. Aí, eu falei pra ele: "Levante agora, seu corno, que você vai morrer"... Ele me olhando, suplicou: "Ô, Zezinho de Nervina, não faz uma peste dessa comigo, não!".

– E então, o que você fez?

Em respeito ao pedido tão sofrido, abaixei o fuzil, e dei cabo do maldito só com o punhal mesmo.

3.

Quincas e Larica

Bobby, Lulu

Lulu, Bobby

Snoopy, Rocky

Rex, Rintintin[i]

i - "Um dia de cão", Chico Buarque, Pantagruele e Enriquez Luis (Warner/Fonit Cetra Music).

Essa é uma história de amor entre dois cachorros.

Tudo começou com o desejo da minha mulher de comprar um cachorro. Mas não era qualquer cachorro. Tinha que ser da raça schnauzer. Uma raça peluda, que tem barba e, geralmente, é cinza. Mas tinha um complicador, ela queria o tamanho médio. Essa raça era vendida em três tamanhos: pequeno, médio e grande. Como se fosse uma roupa. O pequeno é o mais comum e pode ser visto com maior ou menor frequência a depender da moda da ocasião. Sim, porque raça de cachorro entra e sai da moda. O tal complicador é que ela escolheu justamente o tamanho médio. Essa "modelagem" era rara no Rio de Janeiro. Depois de uma exaustiva pesquisa (ainda não havia internet naquela época) descobrimos um canil do Rio Grande do Sul que vendia o tamanho médio. Chamava-se "Boa barba", nada mais apropriado para o nome de um canil que vende schnauzer.

O cachorro chegou de avião. Custou caríssimo, os "culhões do marquês", como dizia um querido amigo. Não me arrependi de ter comprado o bicho. Melhor assim. Tudo vale a pena quando a alma não quer passar o resto da vida ouvindo reclamações.

O cão era lindo, lindo mesmo. Carinha de anjo, de cachorro de madame, de lulu. Foi batizado de Joaquim e carinhosamente apelidado de Quincas. A raça tem origem alemã, e o tamanho original é exatamente o médio, o standard. Já os tamanhos pequeno e grande vieram do médio. Ele é caçador de ratos. O pelo longo abaixo da mandíbula, como uma barba, é para proteger o cão das mordidas dos roedores.

Só que as aparências enganam. Ao contrário do que imaginávamos, essa raça não é de fazer companhia pro dono; ele protege o dono – a qualquer preço. Porque é um cachorro de guarda, feroz. Os canis não revelam isso, é claro, mas é inegável que são mal-humorados.

Acontece que Quincas era um amor conosco, só não gostava muito das visitas nem dos empregados. Mordeu várias pessoas. Certa vez, um engenheiro foi chamado lá em casa. Quincas estava preso. Como pouco latia, o engenheiro perguntou se podia falar com ele. Eu disse que não, alertei que ele era bravo e que mordia. O cara não acreditou, confiou na aparência do bicho e foi fazer um carinho. Não deu outra, saiu diretamente para o hospital com um rasgo na mão. Tomou um monte de pontos.

– Eu avisei – lembrei, enquanto o sangue escorria pelas mãos do homem.

Bom, agora que o Quincas está apresentado, vamos ao caso que nos trouxe até aqui, o que nos leva necessariamente a apresentar a nossa outra personagem.

Lá estava ela na piscina do clube, com um biquíni super sexy, estirada em uma cadeira, tomando sol. Linda. Depois, sentou-se, colocou um chapéu, óculos, pediu um drink e começou a ler um livro. Uma cena linda, um charme. Meus olhos ficaram meio hipnotizados pela cena, e aqui vale dizer que a moça em questão é atriz, talentosíssima, e filha de atores mais incríveis ainda. E mais não digo.

Uns dias depois, por essas coincidências do destino, recebo um telefonema.

– Bom dia, meu nome é Fulana. Seu amigo Mario, que também é meu amigo, me falou que você tem um schnauzer médio.

Um pouco incrédulo com a situação, duvidei que a interlocutora fosse realmente aquela atriz que eu tinha visto recentemente no clube.

– Desculpe, você é mesmo a Fulana, a atriz? – quis confirmar, meio encabulado.

– Sim, eu mesma.

– Que coincidência. Eu te vi outro dia na piscina, no Leblon. Minha irmã mora ao lado do clube. É uma honra falar com você, adoro seu trabalho. Em que posso ajudar?

Ela explicou que também tinha um schnauzer médio, fêmea, que se chamava Larica – o nome da cachorra destoava um pouco da seriedade do resto da conversa. Falou que estava procurando outro schnauzer médio para cruzar com ela. Acrescentou que Larica tinha pedigree e que, como retribuição, eu teria prioridade na hora de escolher o filhote que ficaria comigo.

Num ímpeto de machismo e fraqueza masculina, aceitei prontamente a oferta. Não exatamente pelo primeiro filhote. Mas sim pelo desejo incontido de conhecer aquela musa de perto. Combinamos uma data para ela deixar a cachorra lá em casa. Quem sabe Larica e Quincas não se dariam bem?

No dia certo e na hora marcada, ela chegou especialmente linda, uma deusa. A saia rodada, o salto alto, a meia calça - e até a cinta liga que eu não vi mais imaginei – junto com o cabelo, a maquiagem e o perfume me levaram a supor que dali ela iria para um encontro amoroso. Mas antes, nós tínhamos uma missão.

Soltamos a Larica no quintal junto com o garanhão. Fizeram um rápido ritual de se cheirar e imediatamente ele montou nela, com a vitalidade dos jovens e a intimidade de velhos amantes. A cena era intensa e os bichos não paravam de transar – bem ali na nossa frente. E a coisa não acabava, ou, se acabava uma, já recomeçava outra e a gente nem notava. Aquele cheiro de sexo no ar, espreitando, e nós ali, sem muito assunto. A minha imaginação rolando solta, mas mantendo a pose de homem sério.

Era uma situação constrangedora que se passava a apenas dois metros de distância. Impossível não fantasiar que eu poderia ter feito igual ao Quincas: arrancado o vestido dela e devorado aquele corpo lindo com a tara de um lobo. E não era só eu que estava mexido com aquilo. Ela ficou vermelha, amarela, bege. Seu corpo, inquieto, me dizia que ela estava incomodada. Muito sem graça, virou para mim:

– Parece que se entenderam rápido, né? Acho melhor deixar eles aproveitarem todo esse amor por uns dias – comentou, com a voz um pouco descontrolada. – Você pode me dar um copo d'água?

4. Uma linda mulher

Falei ela não quis ouvir

Pedi ela não respeitou

Eu juro a carne é fraca

Mas nunca rolou[i]

i - "Amiga da minha mulher", Gabriel Moura, Pretinho da Serrinha, Rogê e Seu Jorge (Brasis Produções/Cafuné/Muito Amor e Música/Sony Music/Universal Music/Warner).

Ela estava me olhando, agora eu tinha certeza. Tem alguma coisa errada que não está certa, pensei, rindo. Não é possível, ela é linda demais, gostosa demais.

Já tinha visto aquela mulher em uma outra ocasião, mas ela não chegou a me ver. Agora era diferente, ela estava ali, a poucos metros de mim, me olhando. Difícil tentar achar algum defeito naquele conjunto: corpo escultural, bunda irrepreensível, cabelos livres leves e soltos. Um monumento em forma de mulher. Estimo que tenha, no máximo, uns 30 anos. Mas deve ter 26. E insisto: estava me olhando.

O cerimonial ofereceu uma recepção no final do concerto, e eu estava ali, junto com os amigos, bebendo e conversando. E aquele olhar me atravessando a vida. Aquela mulher estragaria qualquer casamento, pensei.

A procura de tentar entender algo sobre aquela mulher, inventei que, apesar de ela estar trabalhando naquele evento, toda arrumada, maquiada e perfumada, devia morar em algum bairro pobre da periferia. Imaginei que morasse no Colubandê, em São Gonçalo, só pra facilitar as minhas especulações. Morava com duas filhas, gêmeas de seis anos. Foi mãe jovem. Começou a namorar o pai das crianças com 17 e acabou engravidando. Foi o amor da sua vida. Largou a casa da mãe por causa daquele homem. Mas nada deu muito certo depois que passaram a viver juntos. Ambos pararam de estudar e ele acabou virando Policial Militar para sustentar a casa. Quando ficava de plantão no quartel, voltava cansado, abatido. Acabaram por se separar. Ela voltou pra casa da mãe, com o rabo entre as pernas e duas filhas pequenas pra criar. O pai parou de ajudar na criação das meninas, nem visita ele faz. De vez em nunca, ajuda com algum dinheiro. Um canalha. Ela soube depois que ele estava saindo com a melhor amiga dela. Canalha e filho da puta.

Agora tinha que criar as pequenas Lorrane e Michelle sozinha. Estava arrasada com a separação. Fé em Deus que tudo se ajeita, como diz o samba. Também não queria entrar com uma ação judicial para cobrar uma pensão. Chegou a procurar a defensoria pública, mas desistiu na última hora. Na sua ignorância, pensava que, se ele desse regularmente algum dinheiro pras filhas, ia querer interferir na criação delas. E isso ela não queria. O fato é que ela precisava de dinheiro para sobreviver.

Minha cabeça não parava de criar histórias para aquela mulher irresistível. Na vida real, tudo continuava na mesma e aquele problema em forma de deusa seguia me encarando. E eu pensando o que viria a seguir se eu correspondesse àquele flerte. Com certeza, seria uma conversa simpática e, em seguida, a troca de telefones. Em pouco tempo, eu ligaria e marcaria um encontro. Aí, ferrou. Imagina eu falando pertinho dela, olhando praqueles lábios perfeitos, sendo seduzido por um corpo que falava? E quanto mais eu avançava nas previsões, mais me parecia impossível resistir.

Acabei voltando meus pensamentos para aspectos da vida que me ajudavam a manter os pés no chão e um distanciamento seguro da moça. Afinal, sou um homem casado, amo minha mulher. Sou um marido quase exemplar. Eu só queria me distrair e desistir daquele sonho de consumo. Mas o que ela queria? Uma noite de sexo e nada mais ou uma parceria mais consistente, alguém pra dividir a vida? Nos meus devaneios, não lhe faltavam pretendentes. Mas também é muito possível que a maioria deles se desinteressasse quando ficava sabendo que ela tinha 2 filhos. Por algum tempo isso talvez não fosse um problema porque ela adora sexo, mas agora a moça queria mesmo era a sorte de um amor tranquilo.

E era aí que eu entrava. Um homem mais velho com quem poderia transar, passear, ir ao cinema, viajar e que, quem sabe um dia, topasse até assumir as suas lindas filhas.

Lembrei do conto do Bukowski onde ele narra que o maior problema de uma das suas personagens era a beleza. Tão linda, que era infeliz por causa disso. Acabou se mutilando, cortando o rosto, pra ficar feia e feliz. Assim estava trabalhando meu inconsciente pra me proteger daquela mulher. E ela me olhando. Um olhar malicioso, quase pornográfico. Eu nem sonhava que existia um olhar com aquela profundidade. Comecei a imaginar loucuras.

Ela sorriu pra mim, um sorriso que me convidava a conversar. Uma sensação maravilhosa de vaidade passou por todo o meu corpo.

Num ímpeto de sobrevivência, saí da festa e fui pra rua. Nem quis chamar um Uber, o carro poderia demorar e eu poderia me arrepender de estar indo embora. Peguei um táxi mesmo. Qual não foi a minha surpresa ao perceber quem estava ao meu lado? Aquela mulher, ainda mais linda de perto, com seus seios querendo fugir do decote, disparou, incrédula: "Já vai embora?". "Adoraria ficar, mas eu moro em Niterói. Acordei cedo e estou cansado", respondi.

"Que coincidência, também moro em Niterói, em Icaraí. Também vou pra casa, podemos ir juntos, se incomoda?", disse, num tom irresistível. "Claro que não, vamos para o mesmo lugar afinal", respondi, bem nervoso com aquela situação.

Era quase inacreditável que tudo aquilo estivesse acontecendo comigo. O pior é que minhas especulações sobre onde ela morava estavam indo ladeira abaixo. Quem sabe se todas as minhas previsões não fossem também uma grande viagem. Vai que ela só queria mesmo uma carona pra Icaraí, me conhecia de vista, sabia onde eu morava. Sem muita convicção, acreditei nisso pra me tranquilizar.

O táxi era antigo e bem desconfortável, o banco traseiro, um pouco afundado pelo uso, insistia em juntar nossos corpos. O braço da mulher parecia querer se misturar ao meu. Ela notou o meu estado de fascinação. Meus olhos não desgrudavam do movimento dos seus lábios. Tinha, um sorriso impressionante. Falava baixo e, de vez em quando, sua mão errava de coxa, discreta, porém propositalmente. No caminho, soube que era solteira, não tinha filhos e morava sozinha. Ao contrário do que imaginei, era uma das donas da produtora responsável pelo evento do qual acabávamos de sair. Definitivamente, comecei a achar que aquilo tudo não passava de uma loucura minha, sem precedentes.

Quanto mais o táxi se aproximava do meu destino, mais aumentava a minha angústia. Não sabia o que fazer, o que falar pra ela. A vontade era de agarrar ela ali mesmo, e aceitar o convite pra ir ao apartamento dela, mesmo que ainda não tivesse sido feito. Meu endereço ficava bem antes do que o dela. Era natural que eu saltasse primeiro. Minha vontade era ter invertido esse trajeto, mas não tive coragem.

Dizem por aí que o herói é o covarde que não teve tempo de fugir. Eu ali, saindo daquele carro, dando dois beijinhos na moça e escapando sem olhar pra trás me sentindo em parte um heroico marido exemplar, em parte um covarde e em outra parte ainda um grande babaca. Para minha sorte, nunca saberemos por qual desses três aquela moça fascinante se interessou.

5.

Efeitos sonoros celestiais

Jesus Cristo! Jesus Cristo!

Jesus Cristo, eu estou aqui[i]

i - "Jesus Cristo", Roberto Carlos e Erasmo Carlos (Warner).

Provavelmente, os fiéis daquela igreja tinham problema de audição. Não havia outra explicação plausível. O som das cantorias e louvores eram reproduzidos em um volume inacreditavelmente alto, despertando a fúria dos seus vizinhos.

A igreja havia sido construída recentemente em uma área afastada da cidade, em um terreno doado para esta finalidade. A Casa de Deus ficava bem ao lado de um belo cafezal, de meio hectare, quase um jardim, apenas decorativo. No alto deste cafezal, ficava uma casa, cinematográfica, que tinha até lugar para pousar um helicóptero. Pertencia a um próspero e jovem advogado oriundo de família tradicional, católica e abastada.

De fato, a pregação do pastor era muito alta. Ele gritava, vociferava em nome de Jesus. Os discursos traziam sempre um Jesus sanguinário e vingador para quem não professasse as interpretações do pastor sobre Seus ensinamentos. Mas a questão não era bem o mérito das palavras do pastor que se esgoelava. Isso era apenas um detalhe diante do volume assustador em que essas palavras eram reproduzidas pelos possantes autofalantes da igreja. Na pausa do pastor, um conjunto cantava músicas de louvor, tocando ao vivo. Solos de guitarra desconexos, baixo competindo com a guitarra e uma bateria desenfreada. Os cantores ainda eram desafinadíssimos. O circo dos horrores estava armado naqueles cultos.

Murilo, dono da linda Mansão do Cafezal, não conseguia mais ficar em casa depois que começavam os cultos. O sangue de Jesus jorrando da boca do pastor, somado a toda aquela cantoria, era desesperador. Não adiantava aumentar o volume da televisão da sala ou se isolar no quarto, parecia que o som estridente atravessava as paredes. Murilo tinha a impressão de que o pastor estava dentro de casa, pregando e rogando pragas para ele.

A solução foi formar uma comissão de vizinhos e procurar o tal pastor, pacificamente.

Não teve conversa. Afinal, o pastor era o representante de Deus na Terra, aquele que trazia a verdade, o segredo e a fé. Murilo, representante da comissão, explicou que não havia necessidade de o som ser tão alto, e tentou negociar um volume mais baixo.

A negociação passou até pela oferta de um dízimo mensal, generoso, que todos proveriam de bom grado. O pastor explicou que as orações precisavam ser ouvidas por toda a vizinhança distante, para atrair mais fiéis. Disse que isso fazia parte dos desígnios de Deus e da sua missão nesta efêmera existência. A conversa enveredou pelos dogmas e pela fé. Este tipo de argumento é incontestável, foge da lógica e do bom senso, pensou Murilo, saindo do encontro frustrado. Restou voltar para casa e achar alguma outra solução plausível.

Apesar da gritaria chatear a todos os vizinhos, por conta da proximidade da igreja com a sua casa, o incômodo de Murilo era inegavelmente maior que o dos outros condôminos. Então, no dia seguinte, Murilo procurou algumas autoridades que conhecia. Infelizmente, ninguém podia fazer nada. "Essas igrejas são protegidas pela Constituição e é muito difícil mexer com elas", diziam seus amigos. A solução deveria ser legal, lícita e inteligente, apesar de ter passado pela cabeça dele mandar dar umas porradas naquele pastor fanático e imbecil. Pensou também em cortar a energia elétrica, atear fogo e outras e outros pequenos ou maiores delitos que não precisamos lembrar.

A questão é que nada disso ia resolver de fato o problema podendo ainda lhe trazer novos e sérios aborrecimentos.

Murilo lembrou das sirenes usadas na fronteira da Coreia do Norte para atazanar a Coreia do Sul. Eram as mesmas usadas em fábricas para anunciar o início dos trabalhos pela manhã, a hora do almoço e o final de expediente. Imediatamente, ele mandou instalar várias no alto das árvores, todas voltadas para a igreja, no que sem modéstia acreditou ser uma jogada de mestre.

Com aquele som ensurdecedor, o pastor não conseguia mais realizar seu culto. Iniciou-se então uma caça àquele barulho estridente e os fiéis danaram a procurar a origem daquele som demoníaco. A ordem era destruir a fonte do barulho. Murilo, do alto da sua casa, munido de uma escopeta, ficava dando tiros para o alto, tentando espantar os homens. Mas acabou desistindo da ideia e dos tiros, com medo de ferir alguém.

Mais um dia se passou e a solução veio junto com a visita de um querido amigo que era produtor musical e estava trazendo um show para a cidade. No almoço, eles comentaram as dificuldades de sonorizar corretamente eventos ao ar livre. Com isso na cabeça, Murilo comprou um poderoso sistema de som, muito potente, que foi estrategicamente posicionado em torres ao lado da sua casa e não nas árvores onde foram instaladas as sirenes. Assim, os capangas do pastor não tinham como acessar e destruir esses autofalantes.

A diversão teve início. Quanto mais aumentavam o som da igreja, mais o som do cafezal subia, tocando heavy metal. Naquela noite, quase que Jesus desce para separar a briga de sons.

As batalhas seguiram por semanas. Aumenta de cá, aumenta de lá e ninguém largava o osso, ou melhor, abaixava o volume. O pastor era tinhoso feito o Cão, e Murilo também não parecia disposto a desistir. O que seria realmente eficaz para resolver o problema?

Murilo foi iluminado, por fim. Lembrou de Maquiavel: "Faça de uma vez só todo o mal, mas o bem faça aos poucos". Era isso: tinha que ser uma solução definitiva. E essa solução esteve na sua cara o tempo todo.

Qual é o ponto sensível destas igrejas?, pensou. A imoralidade sexual. Este povo de Deus não suporta qualquer tipo de desvio neste setor. É um povo temente e, por isso, não permite sexo antes ou fora do casamento, não aceita gays, fetiches e afins. Bingo!

Em vez de tocar heavy metal, Murilo trocou essa trilha sonora por áudios de filme pornô. As películas foram escolhidas a dedo, e o critério era o áudio. Tinha que ter muitos gemidos, homens e mulheres falando putaria. Enfim, quanto mais pesado, melhor.

Nas noites seguintes, deu-se o duelo entre os imaculados filhos de Jesus e os filhos do Diabo falando sacanagem em alto e bom som. Em menos de um mês, a igreja se mudou.

6

Antônia:
ato 1
Toninha

Quando toca um samba

E eu lhe tiro pra dançar

Você me diz: não, eu agora tenho par[i]

i - "Sem compromisso", Geraldo Pereira e Nelson Trigueiro (Mangione & Filhos).

Era a noite do dia 7 de maio de 1934 e a rua do Theatro estava lotada de homens. Em poucos minutos, iam abrir as portas do Dancing Eldorado, que funcionava em um antigo casarão, bem pertinho do Teatro João Caetano. O mundo artístico e recreativo da metrópole aguardava com viva ansiedade a realização de mais um baile em seu, segundo a imprensa, suntuoso salão. O festejo comemorava o primeiro ano da casa, um dos pontos preferidos dos boêmios elegantes do Rio de Janeiro daquela época. Para o maior brilhantismo desta delirante noite de sonho e cordialidade, os donos do lugar convidaram cantores famosos a fim de animar a "Festa da Victoria", todos devidamente acompanhados pela orquestra Eldorado Jazz, do maestro Paschoal de Barros. Além de boa música, haveria apresentação de atores e comediantes.

O evento era um concurso para eleger uma rainha e duas princesas para o dancing, e havia sido amplamente divulgado pela imprensa. Todos os convidados tinham direito de votar. O nome da candidata deveria ser escrito no verso do convite e depositado na urna posicionada no salão.

Durante o dia, estas dançarinas eram enfermeiras, caixas de lojas, babás, cuidadoras, datilógrafas. À noite, elas completavam a renda mensal sendo *taxidancers*, uma dançarina de aluguel. Os clientes escolhiam as damas para dançar e pagavam por cada música. Nem sempre repetiam a mesma dançarina, muitos revezavam, trocando de par. Todos os casais circulavam numa pista redonda organizada no salão com cadeiras dispostas de maneira a delimitar o espaço. Numa das laterais do salão, havia um palco onde ficava a orquestra, que incentivava os clientes a escolher sua dama com músicas dos mais variados gêneros, como choros, sambas, boleros, salsas e tangos. Por entre os casais, circulava um fiscal. Ele perfurava uma espécie de cartela individual para marcar quantas músicas tinham sido dançadas pelos clientes. O valor total era cobrado na saída do baile. Quem dançava mais, pagava mais. Além do fiscal, havia também um "xerife", que cuidava de apartar as eventuais brigas no salão e de animar o ambiente dançando com uma das garotas na hora em que a pista começava a esvaziar. Esses xerifes eram exímios dançarinos. Um dos mais conhecidos era o Nego Orlando.

Durante as danças, as garotas recebiam muitos galanteios. Algumas aceitavam as investidas, seguindo para uma jornada além do dancing. Outras, não. Parte dessas garotas era de origem humilde e vinha do interior tentar a sorte na capital. Muitas acabavam se alojando em "conventos", que eram apartamentos situados nos arredores. Nestes lugares, era proibida a entrada de homens.

Na noite do "Baile da Victoria", a dinâmica de funcionamento seria um pouco diferente do habitual. As concorrentes teriam que dançar e circular pelo salão para amealhar votos. Havia 35 concorrentes, todas bem vestidas e cuidadosamente maquiadas. As preferidas entre os respeitáveis clientes eram: Aída, Nieta, Marina, Rosita, Juracy, Ides, Nacy, Genura e Italia. Eram também favoritas para ganhar o concurso e o prêmio. Além dessas beldades, os jornais apontavam o nome de uma morena faceira, que "tonteia muita gente boa", conhecida como Toninha. A moça era alta, magra, de cabelos pretos abaixo dos ombros e um charmoso sotaque espanhol.

A música cessou e a urna foi aberta. Finalmente, o suspense acabaria e as vencedoras seriam conhecidas. Os votos eram lidos devagar pelo apresentador, um por um, com direito a torcida dos frequentadores. Na frente desta pelea, disparava o nome da tal Toninha, seguida de perto por Aída. As orações de Toninha estavam sendo atendidas. Mas a alegria logo se converteu em tristeza. Pouco a pouco, seus votos foram escasseando e quem ficaria com a coroa de rainha do "Baile da Victoria" seria mesmo a formosa Aída, que recebeu 108 votos. Nem o título de princesa Toninha conseguiu conquistar, as duas coroas acabaram indo uma para Genura e outra para Marina, cada uma levando 51 votos.

Apesar de ser uma das favoritas, Toninha saiu do Eldorado frustrada e de mãos vazias. Tinha conseguido apenas 50 votos, aparecendo em quarto lugar na votação geral. O resultado lembrava a letra do famoso tango "Por uma cabeza", estrondoso sucesso de Carlos Gardel, que contava a história de um cavalo que perde a corrida no final, por muito pouco.

Toninha era o nome artístico de Antônia. Nascida na cidade de São Borja, bem na fronteira com a Argentina, e filha de uma família italiana paupérrima, fugiu para a Capital no rastro do seu conterrâneo Getúlio Vargas, então presidente do Brasil. Inicialmente, tentou a sorte sendo caixa de uma loja de tecidos no Centro do Rio. O dono do estabelecimento, um libanês, casado, apaixonou-se por ela. Quando os gracejos viraram assédio, Toninha pediu demissão. Era uma garota pobre, mas honrada. Não queria virar amante de um velho. Seu sonho era encontrar um grande amor, um príncipe. Mas nem tudo saiu como sonhado.

Depois de passar por muitas dificuldades e por vários empregos, Antônia acabou virando *taxidancer*. O novo trabalho tinha muito glamour. Porém, seu sonho de encontrar o príncipe encantado acabou de vez quando resolveu assumir essa nova função. Todas as noites, conhecia homens de todos os tipos, alguns atraentes outros nem tanto. Além do percentual que ganhava da casa em cada dança, de vez em quando, saía com uns desses clientes. Já não tinha mais esperança de encontrar o sonhado príncipe. Desde 1931, Toninha morava em um quarto alugado com uma amiga em um sobrado na Gomes Freire.

No dia seguinte ao resultado do concurso, Toninha acordou cedo e se deu conta de que, apesar de sua inegável beleza, os seus quase 30 anos já pesavam muito, fazendo a diferença. As campeãs do Baile da Victoria eram muito mais jovens que ela. Mas deixa estar. Nem tudo seria notícia ruim naquele dia.

Seus belos atributos físicos renderam a Toninha bons clientes. Um dos mais importantes foi o deputado Martins, paraibano, casadíssimo e dono de cartório. Já tinha sido deputado estadual e depois elegeu-se Deputado Federal, prestando seus valorosos serviços à nação. Morava sozinho no Rio de Janeiro, então a capital do Brasil, e visitava a família na Paraíba uma vez por ano. O homem acabou se apaixonando pelos "talentos" de Toninha. O velho político não queria dividir a amada com ninguém, queria exclusividade. Também exigia que ela saísse do dancing. Ela prometeu que seria só dele se tivesse uma casa própria. E assim foi feito.

Justamente naquela manhã, no dia seguinte da clamorosa derrota na eleição no Dancing, a jovem vestiu-se impecavelmente de Antônia, e não de Toninha, e foi ao cartório lavrar a escritura de compra e venda de um pequeno apartamento localizado na rua Senador Dantas 42, doado gentilmente pelo deputado. E não ficou só nisso. O homem era mesmo louco por ela. Como passar dos anos, acabou comprando também uma casa em Petrópolis para a amada. O velho deputado gostava do clima petropolitano, de tomar cognac francês em frente a lareira e comer os quitutes que Antônia preparava especialmente pra ele.

Infelizmente, numa outra reviravolta da vida, o deputado sofreu um infarto fulminante durante um discurso inflamado no Congresso Nacional a favor dos bons costumes da família brasileira. Assim, de uma hora para outra Toninha perdeu seu provedor e, consequentemente, a generosa mesada que a sustentava. Por sorte, além dos imóveis que ganhou, ainda contava com a poupança amealhada naqueles anos de serviços prestados. E foi esse dinheiro que lhe sustentou por mais uns anos sem trabalhar. A verdade é que nesta altura da vida, Toninha já estava velha, considerada decadente e não podia mais voltar às suas atividades de dançarina e ao seu falso sotaque argentino. Mesmo sem perspectivas, o destino ia conspirar a seu favor: finalmente, encontraria um grande amor, daqueles dos contos de fada.

Seu príncipe era cabo de polícia, homem sério e trabalhador, chamado Laurindo. Foi amor à primeira vista, algo que ela nunca tinha vivido. A nota triste desse inesperado final feliz é que o mesmo destino que dava a Antônia o marido que ela sempre quis, lhe tirou a possibilidade de ter filhos. Antônia descobriu uma infertilidade provocada, talvez, pela intensa vida amorosa que tivera antes de conhecer seu amado, com alguns abortos, fruto dos excessos de uma borboleta noturna. Mas isso nunca seria motivo de desavenças entre eles. Nem os rumores de que Laurindo teria sido visto com outra mulher em um dos finais de semana em que dizia estar de plantão. Nada disso importava para Antônia. Ela era enfim uma mulher casada, no papel, com um homem direito e que, malgrado qualquer rumor, sempre voltava para casa.

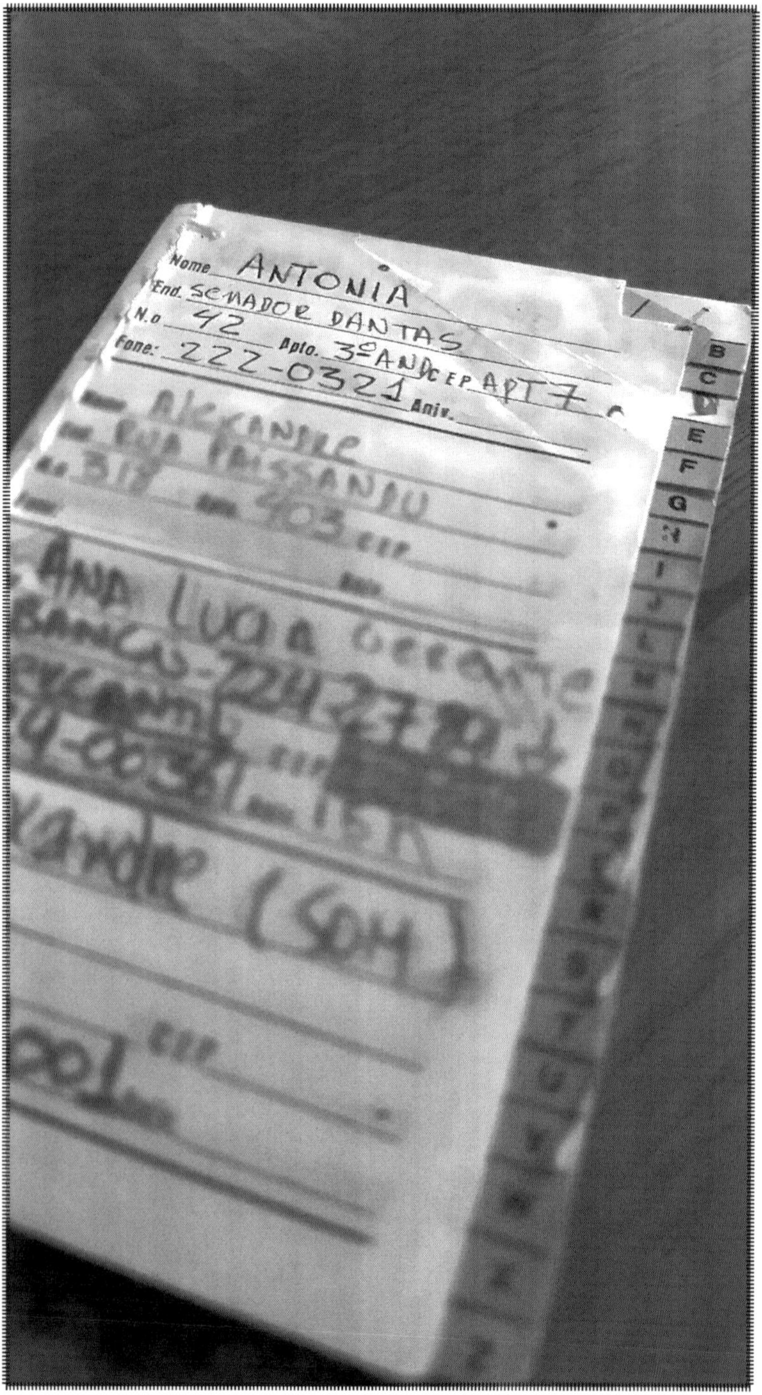
Nome ANTONIA
End. SENADOR DANTAS
N.o 42
Aplo. 3º AND
CEP APT 7
Fone: 222-0321
Aniv.
B
C
E
F
G

7

Antônia: ato 2 **Cafofo**

E sai dançando com ele, alegre e feliz

Quando para o samba

Bate palmas, pede bis[i]

i - "Sem compromisso", Geraldo Pereira e Nelson Trigueiro (Mangione & Filhos).

No início dos anos 1970, com mais de 65 anos, Toninha ficou viúva de Laurindo, que acabou sendo promovido a sargento no final da sua carreira de policial. A pensão do falecido pagava as suas despesas básicas, mas não dava para pagar todas as suas vaidades. A viúva ainda cultivava pequenos mimos e vícios herdados do tempo em que era dançarina da noite. Acabou tendo que vender a confortável casa em Petrópolis. E como dinheiro na mão é vendaval, acabou gastando tudo.

A solução para pagar estas despesas extras seria alugar seu pequeno apartamento na rua Senador Dantas para encontros amorosos. Uma ideia inspirada na demanda daqueles anos de chumbo da ditadura militar. Naquela época, a legislação obrigava que os motéis ficassem a, pelo menos, vinte quilômetros distantes dos centros urbanos. Por outro lado, os hotéis localizados na cidade exigiam a identificação do casal. Isto não era conveniente para os jovens casais daquela época e nem para os discretos amantes. Conclusão: havia uma enorme demanda por acomodações, digamos, reservadas na cidade. O apartamento dela seria perfeito para essa finalidade.

O cafofo ficava em uma rua de grande movimento, com

entrada discreta ao lado da Casa Randal, uma conhecida loja de material esportivo. Ninguém desconfiaria de que um casal entrando naquele prédio estava, na verdade, seguindo para um encontro amoroso. O humilde apartamento era um muquifo. Não que fosse sujo ou desorganizado. Não era. Toninha era zelosa. Mas era um apartamento pequeno, muito escuro. A porta de entrada dava para a cozinha. No único quarto do imóvel, a janela dava para os fundos do prédio em frente, quase sem afastamento, o que dificultava a entrada de luz. Resumindo: era um quarto e sala com banheiro e cozinha, bem pequeno mesmo. Mas os casais não se importavam com isso. Só queriam mesmo ficar sozinhos. E, justiça seja feita, o quarto não era dos menores; aliás, era o maior cômodo daquela casa de bonecas. A cama, o que mais interessava, estava sempre arrumada com esmero e lençóis muito limpos. E o banheiro cheirava bem.

O maior problema era a chegada ao local, visto que era Toninha quem recebia pessoalmente os voluptuosos casais pela porta da cozinha. As moças ficavam envergonhadas com aquela exposição. O sexo não era livre e por isso havia uma certa "culpa" dos casais. A estratégia era tentar entrar o mais rapidamente possível no quarto. Porém, entre a porta de entrada e o quarto havia Toninha, um muro. Era um constrangimento se depararem com aquela senhora que poderia ser a avó deles. Uma senhora discreta, é certo, mas munida de um meio sorriso cúmplice e testemunha de tudo que eles iriam fazer naquele local.

Na saída do quarto, nova encontro com dona Toninha, com uma parada obrigatória, já que os pombinhos ainda teriam que pagar a conta da hospedagem antes de sumir. Os poucos metros que separavam a sala do apartamento da porta do elevador se transformavam em quilômetros intransponíveis. Pois era neste trajeto que se encontrava Toninha, sentada à mesa, de costas para a porta de saída esperando o casal encabulado que tinha acabado de transar. Nunca faltava um café fresco e umas bolachas sobre a mesa. Nos recebia com um sorriso aberto e um brilho nos olhos que nunca vou me esquecer.

Como viramos assíduos frequentadores do cafofo da Toninha, pouco a pouco, acabamos ficando íntimos daquela senhora. Durante aqueles cafés ela relembrava o passado e contava suas aventuras, especialmente da época que foi taxidancer. Certo dia acendeu um baseado na nossa frente e, na maior tranquilidade, começou a fumar como se fosse um cigarro. Já com a língua solta por conta da marijuana, no meio de mais uma história sobre sua beleza e dos seus atributos como a melhor dançarina do Dancing Avenida, sussurrou com uma ponta de orgulho:

– Foram quilômetros de pica!

– Como assim, não entendi direito. Quilômetros de pista? perguntei.

– Não meu filho, de pica mesmo.

8.

Erva venenosa

Venenosa,

Erva venenosa

É pior do que cobra cascavel

Seu veneno é cruel[i]

i - "Erva Venenosa" ("Poison Ivy"), Jerry Leiber e Mike Stoller, versão Rossini Pinto (Jerry Leiber Music, BMG Music, Sony Music, Stoller Music).

José Aragão nasceu em 1912. Era de um tempo que ainda se amarrava cachorro com linguiça. Amava as marchinhas de Carnaval, o maxixe, o samba do Estácio. Adorava Pixinguinha e ouvia chorinho todo dia. Foi testemunha de tudo o que aconteceu a partir do início da década de 30, a famosa "Época de Ouro". Foi justamente neste período que surgiu o revolucionário microfone elétrico, permitindo o aparecimento de cantores com uma voz "pequena" como a de Mario Reis ou Noel Rosa. É desta época a chegada do mágico Cinema Falado; e também da explosão de vendas dos aparelhos de rádio e vitrolas de tocar discos. Jose Aragão aproveitou todas essas inovações tecnológicas. Pela primeira vez no Brasil, era possível ouvir as notícias em primeira mão ou acompanhar as partidas de futebol ao vivo através de um aparelho de rádio. Era quase inacreditável pensar que o som chegava pelo ar e era captado e transmitido por um aparelho elétrico, cheio de estranhas válvulas. Já com o advento das vitrolas tornou-se possível ouvir os discos de Orlando Silva, Silvio Caldas e Aracy de Almeida quantas vezes quisesse no conforto do seu lar, tomando uma cerveja barrigudinha. Antes disso, esses cantores só podiam ser ouvidos ao vivo, nos teatros.

Essa avalanche cultural despertou em Zé Aragão sua verve de produtor musical e radialista. Produziu muitos discos, foi apresentador de programas da famosa Rádio Nacional, dirigiu shows e escreveu livros sobre a história da música brasileira. Ficou famoso pelas suas críticas aos grandes artistas. Não poupou ninguém, nem os intocáveis e consagrados compositores e cantores. Causou muita polêmica por isso. Tinha uma coluna semanal no jornal mais importante do país. Era amado e odiado. Tentavam rebater suas opiniões e o assunto acabava tomando proporções desastrosas para quem tentasse contra-argumentar suas críticas muito bem estruturadas.

Depois de muito velho, já aposentado, ouviu a seguinte pergunta de uma entrevistadora:

– O senhor tem alguma implicância musical?

– Muitas – respondeu, lacônico.

– Cite uma delas, por favor – pediu a impetuosa e jovem repórter.

– Uma das principais características da música brasileira é a letra. Por sorte, temos compositores primorosos. Acho que isso se deve ao nosso idioma "brasileiro". Nosso sotaque, o som dos nossos fonemas. Não podemos esquecer das rimas e expressões da nossa língua compõem um material farto e espetacular para quem escreve essas letras. Por conta disso, minha primeira implicância é com os conjuntos vocais. Todos extremamente chatos. Aquele negócio de cantar junto, de abrir as vozes, é uma merda.

A música perde totalmente as suas intencionalidades. É impossível quatro cantores imprimirem o mesmo sentimento juntos. Não dá pra cantar em conjunto uma letra cheia de detalhes, que conta uma história. Além disso, podemos notar que, quando esses grupos se desfazem, seus cantores não sobrevivem sozinhos. Os trabalhos solos geralmente não são bons, não agradam. É que estes cantores, sem os demais, chegam neste novo mercado cheios de vícios na forma cantar. A música brasileira não suporta desacatos.

– Pode dar um exemplo de um destes conjuntos? Fique à vontade para não responder essa pergunta – aliviou a jovem.

– Como já estou velho e não tenho mais nada a perder, vou responder. Os Cariocas. Esse é o pior de todos. Também têm o MPB4, Quarteto em Cy e por aí vai. Nenhum deles presta, nem os que vieram depois deles. Até aquele coro de parentes que acompanhava o Tom Jobim também era muito chato. Tudo muito certinho, afinado demais. Enfim, são todos insuportáveis. Esses cantores não perceberam que até a imperfeição na arte pode ser um segredo para conferir emoção. Mas tem um detalhe: eu gosto dos coros das músicas, especialmente quando têm aquelas vozes femininas de "lavadeira". E pra não ser injusto, quando jovem, eu adorava os Anjos do Inferno.

– O senhor não estaria exagerando um pouquinho?

– Estou sendo sincero. Presta atenção, minha filha. A academia é culpada de tudo o que está acontecendo. As universidades perderam o senso crítico. Para eles, tudo é bom, tudo presta, tudo pode. Os críticos de música que escreviam nos jornais já não escrevem mais. Ninguém quer se indispor com o artista. Parece que todo mundo tem o rabo preso com essa gente. Isso também aconteceu com a crítica de gastronomia, teatro, dança. Só a crítica de cinema permanece. É porque os protagonistas do cinema quase sempre são estrangeiros. Instalou-se o politicamente correto até na crítica.

– E qual seria uma outra implicância o senhor tem?

Odeio cantores estrangeiros cantando em português. (Aliás, também acho patético os intérpretes brasileiros cantando em outro idioma.) Como não dominam a língua portuguesa, acabam cantando sem dar a devida e correta inflexão às palavras, assim como os conjuntos vocais.

– Não entendi.

– É confuso mesmo. Por conta do sotaque característico de cada idioma, quando cantam em português, os estrangeiros nem sempre conseguem pronunciar as palavras de uma forma correta dentro da melodia. Grosso modo, não sabem o que está sendo cantado, o que a letra está dizendo. São uns papagaios.

– Posso explorar e pedir mais uma implicância?

– Detesto criança cantando. Me irrita profundamente a voz aguda, estridente, fina. Quanto mais nova a criança, pior. Esses "gênios" mirins também não sabem o que estão cantando. Como pode uma criança cantar a saudade de um grande amor? Não é crível, é falso. Em verdade, estas crianças são uma projeção psicológica da vaidade dos seus pais. Através do talento delas, querem superar sua própria falta de talento, ou fazer o sucesso que não conseguiram.

"Outra coisa: quero acrescentar que também não gosto de música ao vivo em restaurantes ou bares. É um horror. Se o cantor é bom, a gente fica prestando atenção, não come direito, não conversa, fica ligado no talento de um artista perdido naquele lugar. Agora, se o cantor for ruim, o que acontece na maioria das vezes, aquela cantoria me deixa louco. Cada nota desafinada é um suplício, a cada acorde errado, eu quero levantar e ir embora.

– Tá bom, Seu Zé Aragão, vamos encerrar por aqui. Muito obrigado.

– Tá bom, minha filha, eu que agradeço, você foi muito gentil. Eu estava precisando desabafar.

No dia seguinte Zé Aragão pegou o jornal e não se espantou ao ver que o editor tinha cortado todas as suas implicâncias.

9.

Eu, Seu Orestes e dois cachorros[i]

Fechei negócio da China

Desbravei o interior

Possuí mina

de prata, jazida

Vida veio e me levou[ii]

i - Conto inspirado em história de Orestes Barbosa narrada por Nilo Bruzzi em "Chão de estrelas" (J. Ozon, 1965).

ii - "O Velho Francisco", Chico Buarque (Marola Edições).

Fazia um calor insuportável. No bar, Seu Orestes, já bem velhinho, comia um frango a passarinho cheio de alho, com a mesa coberta de garrafas de cervejas vazias. Ele tinha sido um homem rico e ainda morava em um casarão ali no bairro. A bem da verdade, tanto ele como o casarão estavam bem decadentes. Com o passar dos anos, acabou perdendo toda sua fortuna para a "pata do cavalo". Atualmente, não frequenta mais o Jockey Club por absoluta falta de dinheiro. Vive modestamente no tal casarão caindo aos pedaços, com uma pequena aposentadoria. Mas se nega a vender esse último imóvel, apesar de já ter recebido inúmeras propostas. Neste dia, conforme o álcool ia tomado conta dele, algumas histórias, nada católicas foram sendo reveladas. Tudo tem início com a chegada de um vira-latas que insistia em ficar ao lado da mesa pedindo comida. Seu Orestes cometeu o erro de dar um pedaço do seu frango para o cão. O bicho não se afastava mais, e a presença do cachorro começou a irritá-lo. O cão era insistente e enfiava o focinho entre suas pernas. Seu Orestes – já sem censura por conta do álcool – começou a afastar o cachorro com as pernas de forma agressiva. Um conhecido dele estava sentado na mesa ao lado e vinha observando a chatice do cachorro.

Para desanuviar o clima resolveu puxar assunto.

– Seu Orestes, falando em cachorro chato como esse aí, quando eu era adolescente se passou uma história comigo. Conheci uma garota linda, Cristina. Morena, cabelos negros lindos, magra, usa uns óculos redondos, bem sensuais. Mas o que mais me atraiu nela foi a voz grave. Adoro mulher de voz rouca, sabe, Seu Orestes. Lembrei depois que ela tinha sido minha colega de escola e que eu frequentava muito seu condomínio quando éramos adolescentes. Esse reencontro acabou fazendo a gente se apaixonar e começamos a namorar escondidos. Não é bem escondido, estávamos sendo discretos. Mas ela me encurralou e disse que queria tornar nosso namoro oficial. Pediu pra eu ir à casa dela, pra tomar um café e conhecer seus pais. Ela morava em um apartamento pequeno, de dois quartos. Não sei como cabia tanta gente naquele lugar. Na verdade, soube que os meninos dividiam o quarto dos fundos. Ela e a irmã ocupavam o segundo quarto. Ainda tinham um cachorro, que é o personagem principal desse caso.

"No dia e hora marcados pra conhecer os pais dela, eu me aboletei no sofá da sala em frente à televisão, enquanto ela foi pegar o café na cozinha. Mal ela saiu, o tal cachorro apareceu na sala. Era um pequinês velho, preto com rajada branca, chamado de "Fofinho", e veio na minha direção. Como não tenho medo de cachorro, tentei ficar amigo dele. Comecei a falar com uma voz diferente, mais fina, aquela vozinha que a gente faz e acha que os cachorros entendem. Quando fui passar a mão na cabeça do Fofinho, ele me mordeu. Quer dizer, quase mordeu, pegou de raspão. Seus dentes afiados me arranharam. Foi por pouco que não me tirou um pedaço. O pior que é ele ainda ficou com raiva de mim, acho que por ter errado a mordida. Nossa relação não começou bem. Achei o bicho um traíra."

– Eu tenho uma história muito parecida com essa. Quando você terminar, eu conto – disse Seu Orestes, em tom confessional.

– Bom, toda vez que eu voltava na casa da Cristina, aquele cão antipático tentava me morder. Mas ele era dissimulado e ardil. Esperava que a gente ficasse sozinho pra me atacar. Um dia, dei bobeira quando estava distraído, assistindo ao jogo do Flamengo, e ele atacou meu calcanhar. Por puro instinto, reagi e dei um chute no seu focinho. Ele voou longe. O chute saiu mais forte do que eu poderia imaginar. Foi um pontapé com a perna direita. O animal foi lançado a uns dois metros de distância, bateu na parede e caiu no chão. Não sei quem ficou mais assustado com a situação: se fui eu, por ter sido mordido, ou ele, por ter sido chutado. Só sei que, desde aquele dia, ele me odeia. E me respeita. Toda vez que chego pra namorar, ele fica longe, me olhando, rosnando pra dentro. Mas não se aproxima. Quando levanto para ir ao banheiro, ele também se afasta de mim, com medo de levar outra bica. Cristina até estranhou o comportamento do Fofinho. "Por que ele se afasta quando você passa?", ela me perguntou. Aí, eu respondi: "Esse cachorro é velho e maluco, amor". Seu Orestes, confesso que me arrependi de ter chutado aquele cão. Mas o fato é que chutei e não tem como reverter isso, por mais que eu tente.

– Não fique assim, não, meu amigo. Quando eu era jovem como você, fiz uma coisa muito pior, da qual me arrependo até hoje. Nunca contei essa história pra ninguém. Mas, como já passei dos 80, vou confessar pra você. Também conheci uma linda jovem quando eu era rapaz. Loira, de olhos muito azuis. Um dia, tomei coragem e confessei minha admiração por ela. Passamos a nos encontrar, sempre em público, e acabamos trocando juras de amor. Era uma moça bem-nascida. Vinha de uma família tradicional carioca. Uma mulher perfeita para casar e constituir família. Então, ela me convidou pra um chá na sua casa, uma mansão na Tijuca, circundada por um jardim florido. Assim como a sua namorada, ela queria me apresentar aos seus pais. Cheguei todo aprumado, de terno branco, lenço no pescoço, paletó transpassado e colete. Fui recebido em uma sala magnífica, ricamente decorada, com quadros a óleo nas paredes e um piano de cauda esplêndido. Sobre a mesa adornada com uma linda toalha de renda branca, pratos de doces, bolos, brioches e sucos. Tudo caprichado nos detalhes para me receber. Os pais da moça se mantinham discretamente afastados da sala, como mandava a boa educação daquele tempo.

"Quando ela saiu para buscar o chá, a porta que ligava a sala com o interior da casa ficou entreaberta. Lá de dentro, vinha aquele murmurinho dos familiares conversando. Não me dei conta quando um cachorro branco e peludo pulou nas minhas pernas e cravou os dentes na minha coxa, logo acima do joelho, manchando de sangue a calça clara. Surpreso com o ataque, agindo por instinto, assim como o chute que você deu no cachorro, peguei uma faca que estava em cima da mesa e cravei no meu agressor, que caiu morto. Foi um golpe certeiro. Muito nervoso, comecei a limpar a lâmina suja de sangue na toalha de renda. Foi quando a moça entrou na sala sorrindo, com a bandeja e o bule de chá. A doce donzela, vendo toda aquela cena, teve uma síncope, deu um grito e desmaiou, levando pro chão a bandeja, o bule de chá e o sorriso. A família ouviu o grito e o barulho e correu para a sala. Encontraram o cachorro morto, coberto de sangue, a filha desmaiada no chão e eu com uma faca ensanguentada na mão. Uma cena fantástica. Todo mundo começou a gritar ao mesmo tempo, estavam impactados com aquele pesadelo. Eu, da minha parte fiquei apavorado com o furor daquele escarcéu familiar. Então, pulei a janela e sumi na rua."

Seu companheiro de copo estava chocado com o que acabara de ouvir. Sem mais delongas, mudos, os dois pagaram a conta, se despediram e partiram cada um pra um lado.

10.

Dólares perdidos

O gato preto cruzou a estrada

Passou por debaixo da escada

E lá no fundo azul, na noite da floresta

A lua iluminou a dança, a roda, a festa[i]

i - "O Vira", João Ricardo e Luhli (Universal Music).

João tinha apenas 15 anos quando foi trabalhar como office boy na embaixada dos Estados Unidos, nos anos 1950. Lá, aprendeu inglês, fala fluentemente e fez uma carreira administrativa. Alguns anos depois, foi designado para trabalhar no setor que cuidava do acordo de cooperação mista-militar que o Brasil havia feito com os EUA.

Tornou-se administrador do piece, no aeroporto Santos Dumont. Uma espécie de armazém, um pequeno supermercado de mercadorias americanas, onde eram vendidos produtos comuns nos EUA que ainda não tinham chegado no Brasil. Maionese Hellmann's, pepino em conserva, calça Lee, marshmellow e muito mais. O tal piece mantinha todos esses produtos expostos em gôndolas para os oficiais americanos lotados no Rio de Janeiro. Era para eles terem a sensação de ir ao um supermercado na esquina de casa; um "carinho" que o governo deles fazia com os militares lotados em países distantes. No entanto, era proibida a venda para os funcionários brasileiros.

Não sabemos se o governo brasileiro fazia a mesma coisa com seus oficiais lotados nos EUA. Seria algo como manter um supermercado com feijão preto, carne seca, cachaça, mandioca, guaraná, essas coisas. Pouco provável.

Mas o mimo institucional não parava nisso. Toda semana, chegava um pequeno avião, isento de qualquer tipo de fiscalização alfandegária, que trazia encomendas para esses militares. Eram eletrodomésticos e eletrônicos de última geração, brinquedos, jeans e muito mais. Uma farra de produtos que não existiam no Brasil daquela época, mas que eram liberados para todos que estavam por aqui. Bastava encomendar e pagar antecipadamente.

Claro que os brasileiros que trabalhavam no piece tiravam proveito dessa situação. Como tinham contato com os pilotos dos aviões americanos, mediante uma pequena comissão, faziam suas encomendas e revendiam os produtos importados no Brasil. Muita gente ganhou dinheiro fácil com esse contrabando. Não havia internet e o canal de vendas eram os catálogos editados por grandes cadeias de lojas de lá, como a Sears. Os catálogos anunciavam vestuário para crianças e adultos, roupa de cama e mesa, aparelhos elétricos, brinquedos incríveis e muito mais. Era a farra do alto consumo a baixo preço. De vez em quando, algum brasileiro era descoberto "importando" e era sumariamente demitido.

João não se envolvia nessas coisas, tinha medo, achava errado, ilegal. E era ilegal mesmo. O máximo a que se permitia era fazer umas encomendas de Natal para sua família, sempre autorizado pelo seu chefe. Encomendas oficiais. Isso rendeu a ele prestígio, e fama de homem probo e correto. Um dos seus chefes americanos, o Mr.

Taylor, adorava João. Era um homem enorme, que usava aquelas camisas de manga curta branca, camiseta regata branca por baixo e gravata. Lembrava o John Wayne. Um típico filho do Tio Sam.

Mr. Taylor estava muito apreensivo com a saúde de um familiar e teve que voltar às pressas para os EUA. Então, pediu a João que guardasse em casa cinco mil dólares até a sua volta. Isso, em 1970, era uma quantia bem generosa, equivalente a uns duzentos salários mínimos. João relutou em aceitar tamanha responsabilidade. Era um pedido do seu chefe, uma prova de confiança. No fim, viu que não tinha saída e aceitou a missão, mas não sem ficar preocupado. Onde iria guardar tanto dinheiro em casa? Decidiu colocar tudo dentro de um livro, na pequena estante que mantinha no corredor. Imaginou que Mr. Taylor não demoraria a voltar, e, com medo de ser repreendido pela mulher, não comentou com ela esse assunto.

Depois de quase dois anos, Mr. Taylor voltou ao Brasil. Finalmente! Havia ficado muito tempo na sua terra natal, em Michigan, porque teve que cuidar de uma grave doença que acometeu sua mulher. Voltou desolado, todo esforço tinha sido em vão. Acabou por perdê-la para o câncer.

Quando João soube da volta do chefe, lembrou do dinheiro a ele confiado. Imediatamente, foi procurar aquela dinheirama. Tinha escondido tão bem escondido que não conseguia lembrar onde estavam aqueles dólares. Virou a casa de cabeça para baixo e nada. Foi obrigado a contar o segredo para a mulher. Fizeram um mutirão de busca, sem sucesso. João teve um "branco" total. Não lembrava de jeito nenhum onde havia escondido o dinheiro, não tinha a menor ideia, uma pista sequer. Será que alguém pegou? O que o chefe vai pensar? Será que serei demitido?

Não dormia mais. Nem encontrava forças para comunicar o ocorrido ao Mr. Taylor. Toda aquela confiança depositada nele por anos de dedicação iria por água abaixo, empurrada pela sua traidora memória. Como seu chefe aceitaria essa desculpa? Com certeza iria achar que ele gastou o dinheiro porque concluiu que o chefe não voltaria para o Brasil depois de tanto tempo.

O fato é que os dias se passaram e ele não tinha mais como segurar aquela bomba. Tomou coragem e contou toda a verdade para o gringo. O valor era considerável, e a reação de Mr. Taylor foi muito mais tranquila do que ele imaginava. "Você me paga um pouco todo mês. Sei que você é um homem bom, honesto e não está mentindo", falou o boss. Dividiram os cinco mil dólares em dezenas de pagamentos. Durante anos, João entregava uma parcela do seu salário para o pagamento da dívida. A soma já era apertada e aquele desconto fazia falta no orçamento mensal. Um dia, porém, as parcelas chegaram ao fim, e a dívida foi inteiramente paga.

Chovia torrencialmente naquele sábado. A televisão iria passar mais tarde um filme B, do cineasta Roger Corman, baseado em um conto do escritor americano Edgar Alan Poe: "O gato preto". Falava de um gato que era emparedado numa sala e depois, milagrosamente, reaparecia do lado de fora, algo assim. João adorava contos de terror e foi pegar o livro de Poe na sua estante para relembrar a história antes de ver o filme.

Quando puxou o livro da prateleira todos aqueles dólares perdidos, há anos, escaparam, milagrosamente, daquele volume, assim como o gato no conto de terror. João não podia acreditar em todas aquelas notas espalhadas pelo chão bem na sua frente, no meio do corredor.

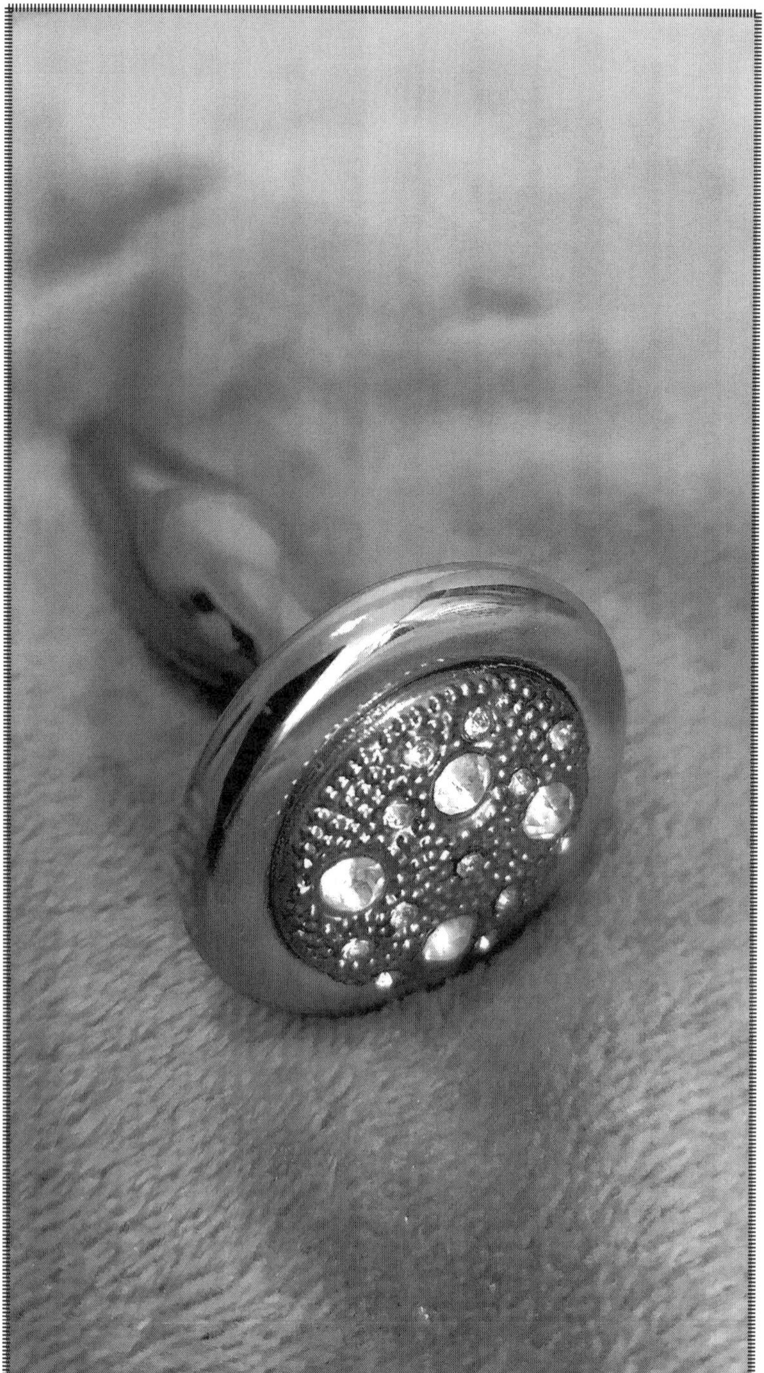

11.

Anuscópio

Meu bem você me dá

Água na Boca

Vestindo fantasias

Tirando a roupa[i]

i - "Mania de você", Rita Lee e Roberto de Carvalho (Warner).

– Me passa o anuscópio – pediu o cirurgião.

– Médio ou grande?

– Médio, por favor.

Marcia era casada há muitos anos com André. Os dois eram médicos, mas tinham especialidades diferentes. Ela era cirurgiã e ele, ortopedista. Mas não trabalhavam no mesmo hospital. Aliás, ele se dedicava somente ao seu consultório, que sempre estava cheio. Ela brincava dizendo que ortopedista não é médico. Ele ria.

O casal ainda tinha uma vida sexual muito animada. Boa parte dessa animação ficava por conta de Marcia, que adorava inventar fantasias e fetiches. Ele amava aquelas loucuras da mulher. Em um Natal, por exemplo, ela apareceu fantasiada de mamãe Noel, com um body vermelho super sexy, com detalhes dourados e uma touca vermelha com pompom. Tudo muito ousado e transparente. Faziam coisas deste tipo e muito mais. Quando estava meio bebinha, ela sussurrava que queria mais uma pessoa na cama. Falava das suas experiências de adolescente com as amigas. Aquele joguinho de lembranças sexuais sempre acabava em rápidos e deliciosos orgasmos.

Para comemorar os 40 anos de idade da amada, André resolveu fazer uma surpresa e chamou uma garota de programa para a festinha em um motel. Na hora que a garota entrou no quarto, Marcia não entendeu nada e quase deu defeito. Mas a maconha que tinha fumado era boa e se encarregou de liberá-la para aquela fantasia. A garota era muito experiente e fez a mulher gozar muito. Sabia exatamente como deixá-la louca de prazer. No dia seguinte, um sentimento de culpa misturado com o desejo de beijar novamente aquela garota desabou sobre Marcia. Para disfarçar, falou para o marido que ficou com ciúmes da moça com ele. Além de linda, a profissional era muito mais jovem do que ela, e isso, por si só, já seria motivo para justificar aquele argumento. A bem da verdade, ele nem tocou na moça, deixou a mulher se divertir sozinha com a sua maior fantasia. Ficou só assistindo. Ele percebeu todo aquele turbilhão de sentimentos da mulher e até gostou de ela ter inventado aquele ciúme descabido.

Mas foi só uma vez. De lá para cá, Marcia vive das lembranças daquela noite mágica e fica muito excitada. Mas nunca pediu ao companheiro para repetirem aquilo. Parece que ela sentia medo de acabar se apaixonando pelo toque suave e lento daquela jovem nos lugares mais escondidos do seu corpo.

Todos os anos, os dois festejavam a data em que trocaram o seu primeiro beijo. Em poucos dias, iriam fazer vinte anos de relacionamento. Uma efeméride e tanto, que merecia muita comemoração. E essa era uma das especialidades de Marcia. Ela deu início aos preparativos caprichando nos detalhes da noite que estava planejando. Foi até fazer uma marquinha especial de biquíni de fita. Pediu um modelo mínimo, bem cavado. André amava marquinhas de sol. Mas ela achava que ainda faltava alguma coisa... Foi quando resolveu ir a uma sex shop.

Ansiosa, praticamente abriu a loja. Era cliente antiga de Vera, a vendedora:

–Marcia, quanto tempo, tá sumida. Saudade de você, amiga. Como está o bonitão do seu marido?

– Vera Maria, para de dar em cima dele. Para com isso, maluca.

– Só estou te provocando, calminha. Eu sei que ele é sua propriedade. O homem baba por você. Então, em que posso ajudar hoje?

– Não sei amiga, algum mimo.

– Tenho um monte de coisas novas.

Vera começou a mostrar as novidades e Marcia acabou comprando alguns acessórios novos, entre eles um vibrador de calcinha e um plugue anal. A vendedora explicou que aquele vibrador era novidade no mercado e vinha com um controle remoto de várias velocidades e ritmos de vibração diferentes. Bastava colocá-lo dentro da calcinha, já ligado.

No dia do jantar, Marcia se encarregou de mandar as crianças para a casa da mãe. Queria ficar sozinha com o marido naquela noite especial. Preparou todo o ambiente com flores, roupa de cama nova e uma lingerie incrível, refinada e atrevida ao mesmo tempo, do jeito que André amava.

Um bom jantar foi encomendado no restaurante preferido do casal. Vai ser uma noite e tanto, pensou Marcia. Enquanto se arrumava, colocou o vibrador de calcinha ligado em contato com seu clitóris. Explicou ao marido a novidade e entregou o controle remoto para ele acionar e os dois se divertirem.

Na mesa, entre um gole e outro, André começou a mudar as velocidades e ritmos do aparelho. Marcia tentava fazer cara de boa moça, mas estava ficando mesmo muito excitada. Ele aliviava a pressão quando via que tinha passado do ponto, diminuindo a velocidade do vibrador. Mesmo assim, ela não aguentou mais tamanho tesão, levantou e foi para o quarto. Estava perdendo o controle da situação e decidiu tirar o aparelho da calcinha. Partiu para o segundo ato do plano.

Pegou o plugue anal. Marcia estava ansiosa para ficar pronta antes que o marido chegasse ao quarto. Sem conseguir achar o lubrificante que tinha comprado, usou um óleo de coco que estava no banheiro. Lambuzou bastante e introduziu o brinquedinho com cuidado, que entrou facilmente. O marido chegou logo em seguida. Encontrou ela nua na cama com cara de safada.

O plugue anal era lindo. Uma peça pequena, de metal, em formato cônico. A ponta oposta era chata, feita para segurar a peça. Essa parte era toda cravejada de pedras. Falsas, claro. Era o acabamento perfeito pra adornar a bunda de Marcia. Quando ela se virasse, de quatro, ele veria aquelas pedras cobrindo seu cu. O convite estaria feito.

Sensualizando, ela engatinhou na cama em direção a ele, que ficou louco com as novas marquinhas da mulher, e com o plugue brilhando na sua bunda. Começaram a se agarrar como se fosse a primeira vez. Então, ela teve uma sensação estranha. O plugue tomou vida própria e deslizou para dentro do seu reto. Não devia ter usado o óleo de coco, pensou na hora. Sentiu aquela sensação de quando colocamos um supositório e ele ultrapassa as entranhas e some nas profundezas do nosso ser. Um sentimento desesperador assolou seus pensamentos. E agora?

A questão era delicada. Ela tentava manter o clima, ele se animava cada vez mais – sem fazer ideia do que estava acontecendo com a mulher. Ao mesmo tempo, ela fazia cara de gostosa para excitar ele e fazia uma força discreta para expulsar o intruso. Quando percebeu que não conseguiria de jeito nenhum se ver livre daquilo, parou a transa e confessou, muito sem graça, o que estava acontecendo.

Foi um choque, como se os filhos tivessem entrado no quarto naquela hora e flagrado os pais. André ficou atônito. Com um misto de medo, surpresa e preocupação, não se conteve e teve um ataque de riso. Nervoso, não conseguia parar de rir. Aquilo, surpreendentemente, contagiou Marcia. Os dois riram de se acabar com a situação. Mas o plugue permanecia dentro dela. Quanto mais ela ria, mais aquele negócio entrava e mais ela ria por causa disso. Ela sabia que estava lá dentro, mas não sabia aonde aquilo iria parar.

Como era cirurgiã, Marcia resolveu, ela mesma, tirar o plugue com a ajuda do marido. Ficou de quatro e começou a fazer muita força com a intenção de evacuar. Não saía nada, nem gases. As pedras nada preciosas agora estavam vedando todo o canal. Desesperada, meteu os dois dedos como uma pinça e abriu o canal, tentando relaxar o esfíncter. "Calma, calma, tudo que entra sai", repetia. André olhava pelo orifício e só enxergava as paredes do canal, nada mais à vista. A cena seria muito engraçada se não fosse trágica: ela de quatro na cama, uma mão abrindo o reto, e ele olhando lá para dentro com uma lanterna. Nem sinal daquele troço.

Desistiram de tentar. Além de toda a frustração da noite perdida, agora estavam com um problemão. Não era uma doença, uma alergia de última hora; nenhum dos dois estava passando mal. Mas era um mico total. No fim das contas, a verdade é que todo mundo usa esses acessórios, só que ninguém tem coragem de assumir. Em um ato de desespero e bom senso, decidiram ligar para um amigo cirurgião que estava de plantão. Foram parar no hospital.

Marcia chegou morta de vergonha, tentando manter a compostura, como se nada tivesse acontecido. O amigo cirurgião tentou descontrair, falando de trabalho, e não tocou no assunto principal, como se ela estivesse ali apenas fazendo uma visita cordial. Qualquer brincadeira poderia ser pior naquele momento. Pediu para a enfermeira sair da sala e ficou sozinho com casal. Marcia tirou a roupa e ficou em posição fetal. André, com cara de taxo, ficou segurando a mão da mulher. Aquela marquinha do biquíni mínima que ela tinha feito agora estava exposta para outro. Ele percebeu quando o amigo cirurgião engoliu em seco vendo aquilo. Quem, afinal, poderia imaginar que aquela médica – tão séria – tivesse uma marquinha tão ousada?

André foi nomeado como instrumentador.

Minutos depois:

– Marcia, minha amiga, esse "rebelde desaparecido" brilha?

– Não entendi.

– Estou vendo lá no fundo um negócio brilhando, cheio de pedras coloridas. É isso, né?

Marcia sorriu afirmativamente, aliviada, antes de ouvir o médico pedir:

– André, o anuscópio médio não está resolvendo, me passa o grande.

12.

Herança suspeita

Nasci de um povo primitivo

Eu sou o Homem de Neanderthal

Catando caramujo na beira do rio[i]

i - "Homem de Neanderthal", Luiz Carlos Sá (Warner).

Os astronautas se despediram das suas famílias com um misto de pesar e alegria. Já não era a primeira vez que iriam passar tanto tempo longe de casa. Muito longe, aliás. A corrida espacial que havia se iniciado séculos antes permitiu a descoberta de quase todos os planetas da galáxia. Só não houve a sorte de encontrar vida como a que tinham no seu próprio planeta. Isto é, vida inteligente, com mamíferos, répteis, peixes. Mas, enfim, a aventura iria se estender para um planeta que teoricamente teria todas as condições para isso. O planeta escolhido, após exaustiva pesquisa, ainda não tinha nome e foi batizado provisoriamente como 19.5.1717A.

Essas viagens espaciais de longa distância só foram possíveis depois do desenvolvimento do "salto quântico", uma tecnologia que possibilita à nave atingir uma velocidade dez vezes maior que a velocidade da luz. Com isso, as distâncias se encurtaram e passou-se a viajar a uma velocidade altíssima para desbravar o universo. Mesmo assim, demoravam meses, até anos pra chegar aos seus objetivos.

Para não haver consumo desnecessário de comida e água, quase todos os passageiros eram postos em câmaras durante o trajeto, ficavam dormindo, em estado de suspensão temporária de vida. Dessa forma, só acordavam quando já estavam próximos do destino, evitando, além do consumo de insumos e víveres, a convivência prolongada entre os viajantes, o que sempre poderia gerar desgaste. A equipe daquela nave era especial, muito completa. Além da tripulação, havia biólogos, engenheiros, ambientalistas, antropólogos, zoólogos dentre outros profissionais. Até cachorros estavam a bordo, também em estado de suspensão temporária, como o restante da tripulação.

Ao chegarem ao tal planeta, a primeira impressão foi a melhor possível. Muitas montanhas, natureza exuberante e mar. Todas as condições reunidas para encontrarem a sonhada vida inteligente. O lugar era exatamente como as pesquisas permitiram que os astronautas imaginassem. Nessa visualização inicial, não localizaram luzes ou nenhum tipo de tecnologia que pudesse indicar a presença de seres desenvolvidos.

Como planejado, pousaram à noite. Não queriam chamar a atenção. Escolheram um local discreto, camuflado, em cima de um pequeno morro. Dali, poderiam observar melhor o entorno e evitar surpresas desagradáveis. A preocupação era não contaminar o planeta com sua aparição ou interferência, para, assim, não alterar a evolução do lugar. Por isso se escondiam.

Quando amanheceu, puderam se deslumbrar. Logo abaixo da nave, havia um rio. Aos poucos, foram aparecendo vários animais estranhos, que começaram a se aproximar das margens para beber água. Os astronautas estavam maravilhados com tanta exuberância e diversidade. O que não sabiam era que o melhor estava por vir.

De dentro da mata, saíram outros seres, hominídeos dessa vez, com a mesma formação dos astronautas, isto é, cabeça, tronco e membros. As proporções eram bem diferentes. De um modo geral, tinham todas as partes menores, os olhos eram mais escuros e os lábios, mais grossos. Mas a estrutura corporal era a mesma. A grande descoberta seria a vida inteligente na cena seguinte.

De forma organizada, os seres cercaram um dos animais que estavam matando a sede no rio. O bicho, encurralado, acabou sendo abatido e morto ali mesmo. O grupo abriu a barriga do animal e rapidamente selecionou as vísceras e as partes mais gordurosas. A carne magra ficou para trás. Poucos minutos depois, por conta do cheiro de sangue, apareceram outros animais, muito ferozes, em busca dos restos abandonados. Neste momento, os predadores já estavam longe.

Os cientistas ficaram em polvorosa; aquilo era o que vinham buscando havia muito tempo. Foi inevitável não fazer um paralelo com a evolução do seu próprio planeta. De onde vinham, o período equivalente de evolução havia ocorrido milhares de anos antes. Era fascinante testemunhar – mal comparando – exatamente o que havia ocorrido com sua própria espécie em tempos remotos. Todas as teorias evolucionistas, o modo de sobrevivência, a alimentação e os costumes poderiam ser confirmados ou retificados com aquele estudo in loco. O esforço e o investimento naquela jornada estavam justificados. Valeram cada minuto de pesquisa e todos os recursos gastos.

A equipe começou a trabalhar incansavelmente nas pesquisas geológicas, colhendo flores e frutos e observando de longe os seres e seus hábitos. Descobriram que moravam em cavernas. A cada dia, mais se confirmava a enorme semelhança entre esses seres e os ancestrais dos pesquisadores, que também caçavam de dia e se recolhiam cedo, com medo dos predadores. Essa coincidência emocionava a todos.

Passados alguns meses, o retorno foi antecipado por conta da previsão de chegada de uma nuvem de meteoros, que cairiam naquela região, captada pelos instrumentos da nave. Já munidos de muitas amostras e de imagens, não havia prejuízo em regressar uns dias antes. Mas, como acontece com todos, mesmo com seres tão evoluídos, na última hora, acabaram não vigiando devidamente os animais que haviam trazido. A matilha de oito cães não estava a bordo. Provavelmente, escaparam do controle e acabaram se espalhando na mata. Naquela altura, não havia mais tempo para recolher os cachorros. Os astronautas ficaram muito apreensivos com esses cães soltos pelo planeta e especularam se isto iria impactar na evolução de alguma espécie. Contudo, nada mais podiam fazer. Como consolo, imaginaram que os cães seriam mortos por um dos muitos predadores daquela região.

Mas os cachorros sobreviveram.

Como tudo na vida tem consequências, quando, hoje em dia, nos deparamos com as raças pug, bulldog francês, bulldog inglês e shih-tzu, estamos olhando, na verdade, para cachorros oriundos, depois de muitos cruzamentos, daqueles animais perdidos pelos astronautas alienígenas que visitaram a Terra há milhares de anos. Reparando bem, estas raças não são bem estranhas, né?

13.

A volta

Eu voltei agora pra ficar

Por que aqui, aqui é meu lugar

Eu voltei pras coisas que deixei

Eu voltei[i]

i - "O portão", Erasmo Carlos e Roberto Carlos (Sony Music).

– Margarida, Margarida – gritou a vizinha por cima do muro baixo.

– Margarida saiu, foi ao médico – respondeu o marido.

Margarida era casada com Célio, um cardiologista aposentado.

– Por favor, avisa que eu quero falar com ela, não é nada importante.

– Ela deve estar chegando – disse Célio.

Eram vizinhos há mais de trinta anos. Os filhos foram criados juntos naquele lindo bairro residencial, somente de casas. Não havia prédios. As crianças brincavam na rua, andavam de bicicleta e se divertiam muito. Nos finais de semana, iam caminhando em bandos até a praia. Quando ficaram adolescentes, passaram a frequentar o grupo jovem da igreja. Depois da reunião, à noite, voltavam sozinhos pelas ruas pacatas do bairro. Tempos felizes.

– Dolores, Dolores – gritou Margarida, por cima do muro.

– Está tudo bem? Jaime me disse que você foi ao médico – perguntou Dolores.

– Tudo ótimo, foi uma consulta de rotina. E você? Tá tudo bem, precisa de alguma coisa?

– Chamei pra contar que finalmente vamos voltar pra Portugal. Só eu e o Manuel. O Fernando vai ficar morando aqui com a Maria Lúcia. Vamos no final de outubro e queria te dar essa notícia em primeira mão.

– Lamento, minha amiga, vou sentir muito a sua falta. Mas é o seu sonho, sempre foi. Fique tranquila, vou olhar tudo por aqui e qualquer coisa te falo.

Após trinta anos de Brasil, Dolores queria voltar para a sua terra natal. Tinha muita saudade da sua gente, da sua pequena aldeia. Seu marido, Manuel, mais velho que ela 15 anos, era da mesma cidade. Veio para o Brasil e virou dono de vários açougues. Com a volta para Portugal, o filho Fernando, apesar de ter se formado em engenharia, iria administrar os negócios.

Apesar de já ter passado dos 60, Manuel ainda tinha uma rotina de trabalho pesada administrando seus estabelecimentos. Todos os dias, saía para trabalhar pela manhã e só voltava à noite. Folgava aos domingos. Uma vida inteira dedicada ao trabalho. Trabalhou muito para acumular patrimônio, como todos os imigrantes fugidos da pobreza. Nunca aproveitou o dinheiro poupado para desfrutar a vida e se divertir. Com o seu regresso a Portugal, teria oportunidade de usufruir dos ganhos vindos de tanto esforço e privações.

A verdade é que, nos últimos anos, Manuel e Dolores viviam brigando. O conflito entre eles se dava porque era Dolores quem queria voltar. Boa parte disso vinha do fato de que, em todos esses 32 anos, ele nunca havia levado a mulher ao cinema, a um show ou para comer fora nos finais de semana, coisas normais de toda família. Ela vivia somente para cuidar dos filhos e da casa. Ia à santa missa no domingo porque era a única oportunidade de estar com as amigas da igreja. Mas sentia saudade da sua terra natal e sofria com isso. As coisas estavam perdendo a graça na sua vida, até Deus tinha deixado ela de lado. Por sua vez, o marido não se dava conta dos motivos de tanta insatisfação da mulher e não entendia seu constante mau humor. Todo ano, ele mentia, prometendo que iam voltar no ano seguinte. E nunca voltavam. Na hora H, inventava sempre uma desculpa.

O que Dolores não percebeu era que o Brasil tinha um significado completamente diferente para Manuel. Tudo que haviam conquistado na vida – tudo mesmo – foi graças à oportunidade de terem migrado de país. Saíram de uma pobreza real, onde mal se tinha para comer, e agora viviam com fartura. Para ele, não só as conquistas materiais arrebataram seu coração. No Brasil, fez novas amizades, era amigo de juízes, vereadores e até o prefeito lhe chamava pelo nome quando ia comer um sanduíche de pernil no botequim do Centro da cidade com outros comerciantes. Isto jamais teria acontecido naquele minúsculo e bucólico povoado português em que havia nascido. Não se via em outro lugar e nem queria sair dali. Não entendia por que sua mulher não era feliz como ele. E Dolores se emputecia com suas reiteradas mentiras e promessas de voltar. Já não aguentava mais de saudade da sua terra.

A solução encontrada por Dolores foi mandar na frente a filha caçula, o xodó do pai, com a desculpa de que a jovem teria que se matricular na escola com antecedência. Assim foi feito, e a adolescente ficou hospedada na casa de uns parentes. Com a ausência da menina, Manuel ficou encurralado e teve que negociar com a mulher a volta para Portugal. Não ia conseguir ficar longe do seu xodó.

Uma coisa não foi contada. Ele não era tão santo como todos achavam. O nobre Manuel, empresário de tantos negócios, também tinha uma outra família. Nas suas andanças comerciais, se amancebou com uma mulher negra, linda, passista da escola de samba. A beldade morava no Centro da cidade em condições muito precárias. Semanalmente, passava as tardes no seu apartamento. Aos poucos, foi melhorando a vida da amante, comprando televisão, cama e até máquina de lavar. A mulher era um furacão na cama e ele não conseguia largá-la.

Evidentemente, ela acabou engravidando dele. Esse fato caiu como uma bomba na sua pacata vida burguesa, pois não contava com esse "imprevisto", ardilosamente calculado por ela e descrito como um "acidente". Manuel acabou se afastando dela porque se sentiu traído e entendeu que ela só estava com ele por interesse. Mas, para piorar o quadro, a criança nasceu com uma doença degenerativa grave. A terrível condição do menino tirava mais ainda Manuel da realidade. Ele achava que aquela criança deficiente não poderia ser seu filho. A mãe aparecia toda semana no botequim para pegar o dinheiro. A cada vez o valor aumentava, queria mais e mais. Dizia que era para os cuidados com o garoto. Além disso, começou a exigir que ele o registrasse no cartório, assumindo a paternidade. Nesta altura, aquelas aparições vinham acompanhadas da ameaça – não dita ainda – de que a qualquer momento ela poderia procurar a sua família oficial e contar tudo. Ele estava pressionado por todos os lados: a filha querida longe, a mulher insatisfeita e, agora, a amante barraqueira.

Dolores e Manuel voltaram para Portugal no final de outubro. Ele, aos 62 anos, viajando fugido e triste por ter que largar o Brasil e, ao mesmo tempo, feliz por se livrar da amante e do filho bastardo. Ela apenas exultante, aos 45, finalmente voltando para casa. Enfim, Dolores ia morar ao lado dos pais, da irmã, dos sobrinhos, da filha. Ia beber água da montanha e comer um belo bacalhau com batatas ao murro quando quisesse. Já Manuel estaria sem os amigos, mas também sem os problemas.

Por ironia do destino, passados apenas dois dias da chegada à sua cidade natal, Manuel teve um enfarto fulminante depois de jantar. Caiu morto no meio da sala diante dos parentes e amigos que foram dar as boas-vindas ao casal. Parece que ele sabia que isso ia acontecer quando voltasse e, por isso, resistiu tanto tempo, inventando desculpas.

Fazendo jus ao nome, Dolores teve o destino pautado pela dor. Ela viveu toda a vida sofrendo para voltar a Portugal e ser feliz. Agora, na sua eterna subserviência de mulher do interior criada para servir o marido, ela vive culpada pelo homem ter morrido infeliz. Nunca mais se libertou deste luto.

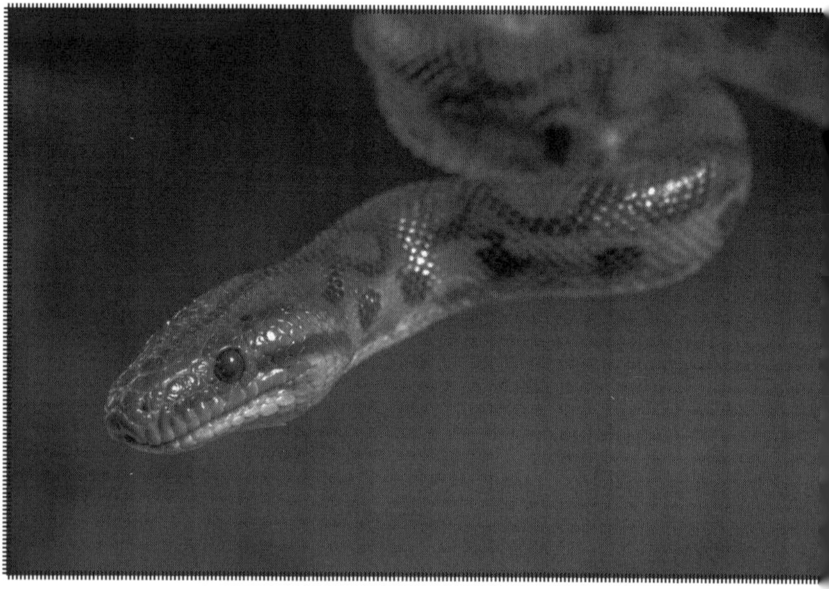

14.

O porco que ri

É na esquina da vida

Que assisto à descida

De quem subiu...

Faço o confronto

Entre o malandro pronto

E o otário

Que nasceu pra milionário[i]

i - "Esquina da Vida", Noel Rosa (domínio público/Mangione & Filhos) e Francisco Mattoso (Mangione & Filhos).

O bairro da Lapa, no Rio de Janeiro, sempre foi icônico. No início do século XX, até os anos 1950, ainda era um bairro muito residencial. Aos poucos, os cariocas foram descobrindo a Zona Sul, suas lindas praias e o privilégio de morar entre o mar e a montanha. Mas essa migração demorou e, durante muito tempo, as pessoas trabalhavam e moravam no Centro da cidade devido à praticidade de viver perto do trabalho. Ali se amontoavam casas de cômodo, restaurantes, cabarés, botequins e um grande comércio. Era também reduto dos boêmios, artistas e malandros.

É bom que se diga que malandro carioca é um personagem complexo e emblemático na cultura da Cidade Maravilhosa. Este tipo não é folclórico, apesar de muita gente desavisada achar o contrário. Eles eram reais. Estavam quase sempre vestidos com seu terno de linho branco e camisa azul de seda. O sustento vinha basicamente de três fontes.

A primeira fonte eram as mulheres, quer dizer, as putas. Eles eram muito sedutores e prometiam a elas proteção contra malfeitores em troca de dinheiro. Essas mulheres poderiam trabalhar com uma certa segurança quando transitavam pelas ruas desertas da cidade ou até mesmo quando algum cliente não queria pagá-las depois do serviço realizado. Havia um lado perverso nesta relação entre o malandro e a puta: além da exploração em si, como gigolô, muitas vezes as tratavam com truculência. Outro meio de vida da malandragem era a segurança que ofereciam aos comerciantes. Uma ação de uma espécie de mãe das milícias para proteger o estabelecimento de furtos, roubos e depredação noturna. Todo mês, recolhiam sua contribuição de loja em loja. O terceiro jeito era o jogo. Gostavam de passar os incautos para trás com o jogo de chapinha e carteado, praticados na rua mesmo. Nesses jogos eles eram verdadeiros ilusionistas, com enorme habilidade nas mãos, além dos baralhos que tinham todas as cartas marcadas. O malandro já sabia quais eram as cartas do otário.

Um desses malandros era o Miguelzinho da Lapa, famoso no pedaço e amigo de todos, menos da polícia. E, apesar de ser o Barão da ralé, quando não conseguia pagar o arrego semanal dos meganhas, entrava em cana por vadiagem. Uma coisa esqueci de contar: esses malandros eram exímios lutadores, dominavam a arte da capoeira e da briga de rua. Geralmente, andavam armados com um punhal ou navalha. Os mais perigosos tinham até revolver.

Miguelzinho da Lapa era muito querido pela dona Rosa. Uma italiana que morava em um sobrado. Ela tinha doze filhos. O marido tinha sido rico, mas perdeu tudo no crack da bolsa, em 1929. Ultimamente, era cobrador de impostos em Niterói. Sempre que Miguelzinho levava umas porradas na rua, era para a casa da dona Rosa que ele corria e onde se abrigava. Ela tratava dos ferimentos e dava comida até ele se recuperar. Em troca, ele ajudava com as compras da quitanda quando era preciso.

Um dos 12 filhos de dona Rosa, o Leonardo, era dono de um açougue na Lapa. A loja ficava bem pertinho dos arcos. Chamava-se O Porco que Ri. Era um açougue grande que vendia todo tipo de carne e tinha uma boa clientela. Fornecia também para restaurantes e hotéis. O segredo era a qualidade do produto e a honestidade dos açougueiros. Ao contrário dos concorrentes, o açougue não usava luz vermelha na vitrine, que mascarava a cor da carne e enganava os clientes. Outro truque que não praticavam era o de pesar a carne junto com a faca, para roubar no peso. Esses e outros tipos de artimanhas eram proibidos por Leonardo, tornando-se seu segredo de sucesso.

Mas nada é perfeito. Um problema que era normal na cidade começou a tomar grandes proporções dentro do açougue. É que no sótão, todo de madeira, começou a ter uma proliferação de ratos, uma infestação. A rataria só aumentava, era assustador. A solução clássica era colocar veneno, o que foi feito de imediato. Nas primeiras semanas, os ratos sumiram, para alívio de todos. Pouco tempo depois, voltaram. Agora mais fortes. Mudaram de veneno, um tipo mais tóxico. No início, amenizava o problema, mas logo em seguida os bichos voltavam, e cada vez maiores. Não adiantava mais colocar veneno. Os ratos ficaram imunes. Essas ratazanas se alimentavam da carne do açougue. Provavelmente, tinham um caminho secreto para descer do teto, comer e voltar para o abrigo. O problema era grave.

O sótão tinha uma pequena janela de visita, bem no alto. Para alcançar era preciso colocar uma escada enorme. Por lá que botavam o veneno. Alguém sugeriu colocar gatos para resolver. Também não resolveu. Os felinos não conseguiram dar conta destas irrequietas criaturas. Era uma tribo em frenética proliferação, reproduzindo-se em uma velocidade impressionante.

Toda essa história para voltar à casa da dona Rosa, que estava cuidando de Miguelzinho da Lapa, cheio de hematomas.

Na hora do jantar, o filho Leonardo, dono d'O Porco que Ri, começou a contar para a mãe a sua via crucis de tentar acabar com os ratos no açougue. Estava até pensando em se mudar para outro endereço. Eram tantos ratos que o barulho deles se movimentando no teto era ouvido até durante o dia.

– Mamãe, é um problema sem solução, já tentamos de tudo – lamentou-se. – Vamos ter que acabar saindo sair dali.

Miguelzinho ouviu atento a história do açougueiro, praticamente seu irmão. Pensou em uma solução, mas não sabia como colocá-la em prática. Resolveu não dar palpite naquele momento.

Uns dias depois, Miguelzinho foi procurar o amigo Jacaré, apontador de jogo de bicho, em Vila Isabel.

– Oi, Jacaré, como você está?

– Miguelzinho, quanto tempo. Como vai essa malandragem?

– Difícil, meu amigo, os homens da lei toda semana querem aumentar o valor do arrego. Não há puta que sustente esses filhos da puta.

– Soube que você andou tomando umas porradas – falou Jacaré.

– Tomei, mas também bati muito.

– Com certeza eles também apanharam. Já vi você em ação. Algum assunto importante traz o amigo por essas bandas? – perguntou o apontador.

– Tenho uma missão pra você. Como ouvi falar que o zoológico daqui vai fechar suas portas em breve, gostaria que você pegasse uma jiboia pra mim.

– Jiboia? Aquela cobra?

– Essa mesma.

– Tá maluco, andou fumando estrume estragado?

– Jacaré, não fode. Um favorzinho de merda para quem já te salvou uma porrada de vezes da polícia pagando as suas dívidas. Arruma o diabo da cobra, dá teu jeito.

– Essa foi demais Miguelzinho, você quer me foder.

– Ah, fica tranquilo que essa cobra nem tem veneno. – E foi embora.

Jacaré conhecia umas pessoas que trabalhavam no zoológico cuidando dos animais. Foi lá que aprendeu seu ofício de apontador do bicho. Aliás, foi no mesmo local que o Barão de Drummond inventou o jogo, uns cinquenta anos antes. O sucesso foi tão grande que extrapolou os muros e se popularizou na cidade.

Como estava para ser aberto um novo zoológico na Quinta da Boa Vista, o inventário dos animais ainda estava sendo preparado. Todos sabiam quantos leões ou quantas girafas havia, mas cobra, não. Era um emaranhado de serpentes espalhadas nas jaulas, impossível de controlar.

Em poucos dias, Jacaré entrega para Miguelzinho um saco de pano com a cobra enroscada dentro.

– Depois dessa, não te devo mais nada, estamos entendidos?

– Ih, Jacaré, pra me pagar tudo, você vai ter que comer muito feijão com arroz. Mas prometo pedir coisas mais fáceis.

Miguelzinho se dirigiu ao Porco que Ri com a solução dentro do saco. Leonardo veio recebê-lo na porta.

– Então, vai jantar conosco hoje? Vou levar uma alcatra maravilhosa pra casa.

– Vou sim, claro. Mas eu vim aqui pra trazer a solução dos seus problemas.

– Dos ratos?

– Sim, e está bem aqui - disse mostrando a cobra dentro do saco.

– Uma cobra?

– Isso mesmo, vai resolver esse negócio rapidinho.

– Não custa nada, vamos colocar lá em cima. Me ajuda com a escada.

A cobra nunca passou tão bem na vida. A comida era farta e estava à sua disposição. Pouco a pouco, aqueles ratos medonhos, com suas couraças de sabão, quase risonhos, foram desaparecendo do açougue. Já não se ouvia a intensa movimentação no teto. O processo foi lento e nem foi percebido de imediato pelos açougueiros.

Um tempo depois, no meio de um jantar, Miguelzinho quis saber:

– E os ratos, Leonardo?

– Sumiram, nunca mais foram vistos.

– E a cobra?

– Ih, esquecemos completamente da cobra, puta merda.

No dia seguinte, foram ao sótão procurar o animal. Ela estava lá, viva e enorme.

– E agora, quem vai tirar esse bicho daí?

Miguelzinho prontamente respondeu:

– Deixa comigo, vou falar com o dono dela pra vir buscá-la.

– A cobra tem dono?

– Sim, o animal foi emprestado pelo meu amigo Jacaré.

No dia seguinte, Miguelzinho foi procurar Jacaré em Vila Isabel. Chegou na esquina onde estava o bicheiro andando de viés, na ponta dos pés.

– Miguelzinho da Lapa no pedaço. E aí malandragem?

– Já te falei que não sou malandro. Sou boxeur – avisou, defendendo-se da acusação.

– Qual o motivo da visita do "boxeur"?

– Seguinte, você tem que tirar a cobra do açougue.

– Que cobra?

– Se ficar de palhaçada vai levar uma porrada.

– Miguelzinho, arrumei a porra da cobra, usei meu prestígio, fiz a minha parte. Quem está de palhaçada é você, vindo aqui na minha área falar de cobra. Faz o que você quiser com ela,

– Não dá, acredite. A questão é familiar. Coloquei a cobra no açougue do meu "irmão". Tenho que tirar o bicho de lá, na categoria.

– Nem pensar, me erra.

– Já entendi, Jacaré. Quanto você quer pra levar alguém do zoológico pra recolher a cobra?

– Não quero nada. Se vira com a cobra.

– Sei que você é um homem do jogo. Que gosta desta emoção. Vamos fazer uma aposta. Podemos, por exemplo, jogar monte. Se eu ganhar, você tira a cobra e se eu perder você se livra de mim.

– Você deve estar de sacanagem com a minha cara, Miguelzinho. Esse jogo é roubado. Você acha que sou otário?

– Tá certo. Vou te fazer uma proposta irrecusável: que tal uma sinuca?

– Aí, tu tocou fundo no meu coração – respondeu Jacaré.

– Maravilha, aparece hoje à noite no Guarany e a gente resolve isso.

Jacaré estava feliz com o desafio. Afinal, quando se conheceram, Miguelzinho era freguês dele. Ia se livrar do problema da cobra e ainda dar uma surra de sinuca no malandro em plena Lapa, na frente dos seus colegas. Naquele dia não bebeu, foi pra casa cedo, tomou banho, comeu uma bobagem qualquer e partiu pro Guarany, já encontrando o amigo no local marcado com um copo de cerveja na mão.

– Chegou cedo, campeão. Assim volta cedo pra casa –

provocou Miguelzinho.

– Você é malandro pras tuas negas, na mesa verde é pato, sempre foi – retrucou Jacaré.

– Então, vamos jogar pra comprovar.

O jogo teve início. Miguelzinho tinha tratado de espalhar para toda a malandragem o desafio. O Guarany estava cheio, aguardando. Jacaré começou jogando. Não parou de acertar as bolas na caçapa. Abriu 26 pontos de vantagem e ficou a um ponto da vitória. Só faltavam a bola rosa e a bola preta, quando errou. De qualquer maneira estava muito tranquilo, seria quase impossível perder aquela partida com o total de pontos já acumulados até ali.

– Campeão, vamos apimentar esse jogo? Aposto um conto que você vai perder o jogo – provocou Miguelzinho

– Você dever ter comido merda, Miguelzinho. O jogo tá ganho. Você vai ter que se virar com a cobra e ainda me pagar um conto. Claro que aceito – Jacaré respondeu, na presença das testemunhas, dando uma gargalhada.

Miguelzinho não poderia encaçapar a bola rosa (que valia seis pontos) e depois a bola preta (que valia sete pontos) nesta ordem. Se fizesse isso acabaria a partida e ele somaria apenas 13 pontos contra os 26 de Jacaré. Tinha que começar pela bola sete, sem errar, fazendo os primeiros sete pontos. Desta forma, a bola preta obrigatoriamente voltaria para mesa. Assim, teria que encaçapar outra vez a bola preta fazendo mais sete pontos e somando 14. Depois, voltaria para a bola rosa de seis pontos, totalizando 20. Finalmente, a última investida na bola preta, para completar 27 pontos e ganhando a partida.

A primeira bola preta foi direta pro saco de malha branco. Retornou à mesa e foi novamente certeira para a caçapa do lado oposto.

– Uma bela cagada – sentenciou Jacaré

A bola rosa não teve destino diferente das suas colegas e foi matada pela tacadeira para dentro da caçapa do centro da mesa. Agora restava a derradeira bola para Miguelzinho ganhar a partida.

– Chegou a hora de você se foder, é impossível matar essa bola preta que está encostada – amaldiçoou Jacaré, suando frio.

A bola branca tocou seca na sua irmã preta, que, chorando, deslizou para seu destino fatal. A plateia veio abaixo. Jacaré ficou atônito, não acreditando no que tinha acabado de presenciar.

Miguelzinho usou com Jacaré a mesma tática que usa com todos os seus fregueses: primeiro deixa ganhar, depois aumenta a aposta e, por fim, vence a partida. Uma fórmula infalível do bom malandro.

– Jacaré, como você sabe, o bom cabrito não berra. Paga tua dívida e amanhã dá um fim naquela cobra.

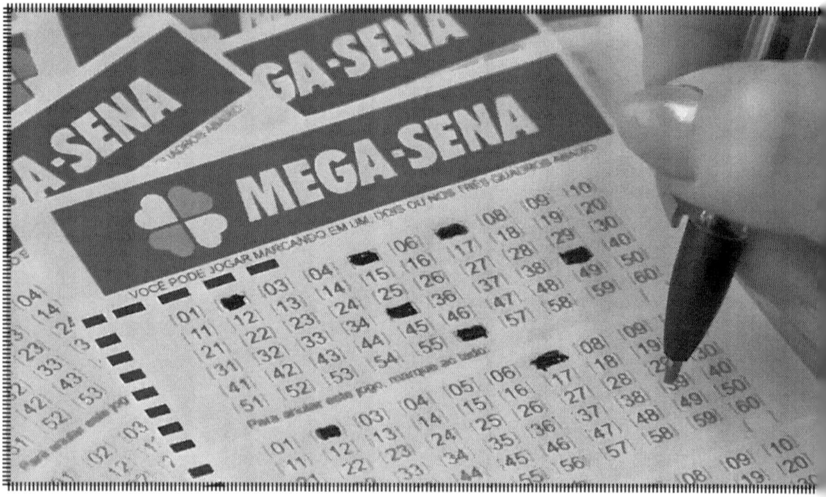
GA-SENA
GA-SENA
MEGA-SENA
VOCÊ PODE JOGAR MARCANDO EM UM,

15.

Chave de micro-ondas

Ressentimentos passam como o vento

São coisas do momento

São chuvas de verão[i]

i - "Chuva de verão", Fernando Lobo (Produtor GNI).

Naquele início do verão de 1980 ele chegou cedo ao seu primeiro dia de trabalho na TVE. Na portaria havia ordens expressas da chefia determinando que ele pegasse uma chave de micro-ondas no estúdio 3. Não tinha a menor ideia do que era aquilo. Quando pegou a encomenda, descobriu que se tratava de uma peça de ferro, estranha, que pesava uns dez quilos, no tamanho e formato de um tijolo furado. O técnico que entregou disse que era uma peça fundamental para a transmissão dos programas via Intelsat. A ordem era entregar no terceiro andar para o sr. Ximenes. Com um detalhe: não usar o elevador em hipótese alguma. Apesar de ter uma aparência bruta, o técnico explicou que era uma peça muito sensível, e que emanava uma "radiação elétrica".

O misterioso objeto foi levado com muito cuidado pelas escadas. O destinatário não estava no terceiro andar, tinha acabado de sair. Deixou um recado dizendo que poderia ser encontrado no quinto andar. O jovem subiu mais dois andares. Outro desencontro. De lá, foi para o segundo andar. Nada. O pobre coitado sempre estava um passo atrás. Continuou pra lá e pra cá, sem parar. Os braços cada vez mais doloridos. A maldita chave de micro-ondas já não pesava dez quilos e, sim, uns trinta. A tal radiação elétrica começava a afetar seus músculos e seu discernimento.

Finalmente, disseram que "o homem" estaria esperando por ele no setor musical. Nesta altura, o rapaz tinha percorrido toda a TV, conhecia todos os setores. Chegou ao destino suado, cansado, envergonhado e atrasado. O chefe do setor musical era o radialista e compositor Fernando Lobo. Foi recebido por ele com cara de decepção e desaprovação.

– O Ximenes tá puto com você e pediu pra deixar a chave ali dentro do armário. Ele vai mandar uma pessoa competente vir buscar.

Saiu à procura de água no corredor e encontrou um amigo na copa. Chorou suas pitangas, contando aquele seu desastroso dia de completa derrota. Com pena dele o amigo confidenciou que havia caído em um trote que davam em todos os novatos no seu primeiro dia de emprego.

Na verdade, a tal peça radioativa era um peso de ferro que usavam para calçar os cenários da TV. Ele nem desconfiou que tudo aquilo era uma encenação. Soube depois que tinha sido o próprio Fernando Lobo, seu chefe, que havia planejado e autorizado o trote. Quer dizer, todos sabiam da brincadeira, menos ele, é claro. Depois que se recuperou da jornada, deu boas risadas e foi recebido com todo o carinho pelo mesmo Lobo. Desde então, trabalha ao seu lado no setor musical.

Todas as tardes, a sala do terceiro andar ficava lotada para ouvir os causos hilários de Fernando Lobo. Ele adorava falar para uma boa plateia, sempre caprichando mais nos detalhes. Dono de uma cultura invejável, muito inteligente e dotado de um humor fino, ácido, com certeza era a pessoa mais engraçada da TV. Lobo tinha um currículo espetacular. Quando jovem, teve uma vida agitada. Vivia nas boates, só frequentava bons restaurantes. Morou em Nova York, trabalhou em Paris, mas a sua sede preferida sempre foi a Zona Sul carioca. Chegou a ser jurado de programa de auditório. Foi produtor importante e conhecido na Rádio Nacional. Por conta disso, tornou-se amigo de grandes artistas e intelectuais. Falava com vaidade que jantou em Paris com Picasso e que tomou um porre de brandy com Salvador Dali, em Madri.

Sem se dar conta, de vez em quando repetia a mesma história. Mas ninguém reclamava. Conseguia repetir tudo igual, mas sempre acrescentando detalhes divertidos. O curioso é que não conseguia ser engraçado diante das câmeras. Bastava acender a luz vermelha que ele se tornava o maior canastrão da casa, totalmente sem graça. Gostava de usar lenço no pescoço quando gravava, fazendo um tipo francês, esnobe. No fundo, era um tímido. Como todo mundo, tinha as suas manias. Por exemplo, nunca comia sozinho. A sobremesa era sempre queijo, às vezes com goiabada, mas era raro. Dizia que as goiabadas eram muito industrializadas, que a boa mesmo era a do tipo "cascão", vendida em caixa de madeira.

Lobo era alcoólatra e estava sem beber há muitos anos.

Por conta da bebida exagerada, fez muita merda na vida. Seu único vício ativo era jogar na Sena. Jogava sempre os mesmos números uma vez por semana. Religiosamente, dava dinheiro para um colega fazer a aposta na lotérica. No dia do sorteio, perguntava o resultado ao nosso colega Maia, que anunciava os números sorteados para ele. Depois de ouvir, rasgava o jogo e dizia: "Qualquer dia desses eu acerto!". Um ritual.

Pois bem, depois de tantos anos trabalhando juntos, o novato já tinha se tornado veterano e decidiu que era chegada a hora da sua vingança. Como vingança é um prato que se como frio, não tinha esquecido daquele sofrido trote da chave de micro-ondas de anos atrás.

Estrategicamente, esperou o prêmio da Megasena acumular. Naquela semana, seriam milhões para quem acertasse. Invocando alguns favores antigos, convenceu o Maia a participar de uma brincadeira com o Lobo e mentir na hora do anúncio do sorteio, dizendo exatamente os números que ele sempre jogava. Para dar ainda mais emoção ao plano, pediu que ele dissesse – como quem não quer nada – que apenas um jogador carioca havia acertado os números daquele sorteio milionário.

Sala cheia, todo mundo sabendo da brincadeira, ansiosos pela sua reação. O tal colega entra na sala:

– Fernando, saiu o resultado. Parece que o vencedor é carioca. – Começando a conferência: – Número 5 – anuncia o primeiro acerto. – 13.

Aquilo mexe com o coração do velho Lobo.

– 17.

Ele levanta a cabeça, incrédulo, já eram três acertos.

– 29.

Larga a caneta, já desconcertado, só faltava um número para ganhar. O colega dispara:

– 43.

Fernando dá um pulo da cadeira e um grito rouco. Imediatamente, senta, tentando disfarçar (é um homem discretíssimo). Todos perguntam o que houve, se estava passando mal, e ele declara que não tinha havido nada, dando uma desculpa. Em poucos minutos, fica muito impaciente. Todos os presentes morrendo de vontade de rir. A sala era pequena para um homem tão rico. Anuncia que vai para o bar, que está muito calor e que todos estão convidados para uma bebida, por sua conta. Mas o pseudomilionário nada revela sobre a sua sorte, apesar de todos saberem da brincadeira. Lobo guarda para si aquele segredo e os sonhos do que fará com tantos milhões. Com certeza, tinha medo de saberem que ele havia sido o vencedor.

Saiu caminhando na frente, com seus passos largos por causa das pernas compridas. Era meio obeso e tinha uma bunda achatada em forma de um enorme coração. Estava alegre e generoso como nunca. Quando chegou ao bar, começou a contar histórias sensacionais, ricas em detalhes, uma melhor do que a outra. Todos rolando de rir. Não tocava no assunto do resultado da Sena. O lugar foi lotando, a notícia de que ele havia ganhado o sorteio foi se espalhando pela TV. Muitas cervejas depois – todos já com pena da falsa felicidade do velho –, finalmente, revelam toda a farsa ao pé do seu ouvido. Ele não perde a compostura: engasga, dá uma risada forçada, conta outra história não tão divertida, paga a enorme conta e vai embora.

16.

Mundo cão

Eu tenho medo de polícia, de bandido, de cachorro e de dentista

Porque polícia quando chega vai batendo em quem não tem nada com isso

Porque bandido quase sempre quando atira não acerta no que mira

Porque cachorro quando ataca pode às vezes atacar o seu amigo[i]

i - "Polícia, bandido, cachorro, dentista", Sérgio Sampaio (Sérgio Sampaio Editora Copyrights Consultoria).

Como muitos recém-casados sem filhos, Carmem e o marido resolveram comprar um cachorro para cuidar da casa. Queriam uma raça que protegesse a residência e assustasse possíveis ladrões. Acabaram escolhendo dois lindos rottweillers: Aika e Bobby.

O casal morava em uma casa de rua e a vizinha, uma senhora mais velha, tinha sete gatos. Todos viviam soltos, naquela vidinha de gato: comer, dormir e passear. Já os cachorros ficavam presos o dia inteiro no canil e só eram soltos à noite, para vigiar a casa. Entre um cochilo e outro, os felinos davam uma volta de reconhecimento no local. Nestes passeios matutinos, descobriram que os cachorros do vizinho ficavam presos em um canil gradeado durante o dia. Não prestou. Resolveram atazanar a vida dos cães.

Pulavam o muro e iam desfilar na frente do canil. E ali ficavam, andando de um lado para o outro, rebolando. Alguns chegavam a deitar e dormir bem próximo ao portão do canil. Os cães ficavam enfurecidos, babavam de ódio, latiam desesperadamente, tentando derrubar o portão e estraçalhar os gatos. Tudo sem sucesso. Quanto mais se desesperavam, mais os gatos desfilavam na frente deles.

Mesmo que os donos da casa espantassem os gatos, eles logo voltavam a fazer a mesma coisa, teimosos como todos os gatos são. Era um divertimento sarcástico. Faziam isso de sacanagem mesmo. Ali, podiam abusar da pouca distância entre eles e os cachorros com toda a segurança.

Não é à toa que se diz que os gatos têm ligação com o diabo. Durante a Inquisição Espanhola, o Papa Inocêncio VIII decretou que os gatos eram uma representação do mal e, por isso, milhares deles foram queimados na fogueira. Foi também a época da caça às bruxas em toda a Europa. O gato tornou-se foco de superstições associadas ao mal. Acreditava-se que os felinos tinham poderes de magia negra, que eram companheiros das bruxas e, muito possivelmente, a encarnação do diabo.

Quando via aqueles gatos tripudiarem dos cachorros, Carmem gritava para a vizinha de muro:

– Maria Luiza, a Inquisição tinha razão, esses gatos têm pacto com o demônio!

Maria Luiza, muito sem graça, respondia:

– Minha filha, a natureza é assim mesmo, gato não gosta de cachorro e cachorro não gosta de gato.

Acontece que o muro que dividia as duas casas era o único caminho para os gatos saírem para a farra noturna. Obrigatoriamente, eles tinham que pular do muro de casa deles para a ponta de um telhado baixo da casa de Carmem. Era um salto longo. Depois disso, seguiam por cima do telhado, davam a volta na casa e ganhavam a rua.

O trajeto de volta era o mesmo. Quase sempre dava certo. Mas "quase" também é mais um detalhe: havia o risco de errarem o salto e caírem no chão. De vez em quando, caíam entre o muro e a ponta do telhado. Era uma queda pequena, rara, mas acontecia. Neste caso, pulavam de volta, tranquilamente, para cima do muro e tentavam de novo o salto. Sempre deu tudo certo para a gataria.

Depois de tanto tempo sofrendo com aquelas provocações felinas, os cachorros perceberam que aquele salto entre o muro e o telhado era perigoso e arriscado para os gatos. A estratégia era simples: passaram a dormir bem embaixo do local onde saltavam. Bastava ter paciência que uma hora um dos gatos ia errar o salto e cair no meio do covil. Havia uma ponte invisível entre o muro e o telhado. Nem com a ajuda do diabo os gatos conseguiam atravessá-la sem se arriscar.

Pois bem, poucos dias depois da vigília dos cachorros embaixo do muro, o plano deu certo: despencou o primeiro gato bem no meio dos dois cachorros. A morte foi instantânea. Em poucas semanas, já haviam morrido uns três naqueles saltos mortais.

A cada morte, um constrangimento com a vizinha. Depois que morreu o último gato, a vizinha, desconsolada, reclamou com Carmem.

– Esses cachorros mataram todos os meus gatos.

- Maria Luiza, como você sempre diz, a natureza é assim mesmo, gato não gosta de cachorro e cachorro não gosta de gato.

Pacheco. Photogr

17.

Dona Sara

Encontrei hoje cedo no meu barracão

Minha roupa de conde no chão

Fantasia de plumas azuis a rolar[i]

i - "O conde", Evaldo Gouveia e Jair Amorim (Sony Music).

Quando menina, Sara descobriu que seu nome significava "princesa". Este fato marcou toda a sua vida. Alcançar a nobreza passou a ser seu sonho secreto. Ela sabia que essa pretensão flertava com o mundo dos milagres, afinal, era filha de imigrantes italianos. Chegou a Santos com os seus pais no navio Mouzinho, em 1930, com apenas quatro anos de idade. Foi criada nos arredores de São Paulo e passou por todo tipo de dificuldade. Mas o que que ela sonhava mesmo era melhorar muito de vida.

Sara acabou se enfeitiçando pelas histórias da monarquia brasileira, que iam da mudança da corte para o Brasil, em 1808, até o fim do império com a chegada da república, em 1889. Por conta deste fascínio, batizou os filhos com nome de príncipes e princesas. Para a primeira filha escolheu o nome de Teresa Cristina, em homenagem à imperatriz do Brasil, mulher de D. Pedro II, que também era de origem italiana como ela, porém uma mulher que teve educação esmerada, estudou música, religião, canto, belas artes, aprendeu a bordar e a falar francês. Dois anos depois, Sara teve outra menina. Desta vez, batizou sua pequena com o nome de Isabel, a princesa "redentora" que assinou a Lei Áurea, filha legítima da imperatriz italiana. Nada mais nobre. Mas a saga real não parou por aí.

Alguns anos mais tarde, já conhecida como Dona Sara, nasceu o esperado varão no bairro do Bexiga. Era muito comum naquelas famílias de imigrantes a expectativa por um herdeiro homem. Quando um menino nascia, as mães paravam de engravidar, mesmo que fosse o primeiro filho. Não se importavam em ter um único filho. Bastava um homem para garantir a perpetuação da família e dos negócios. Naquele mundo machista, as filhas mulheres não gozavam do mesmo prestígio.

Agora era chegada a hora de Dona Sara escolher – de novo – um nome da monarquia para o varão. Só não poderia ser o nome do imperador. É que ela tinha implicância com o nome Pedro, não se sabe o porquê. Dizia que não gostava do nome e mudava de assunto. Achavam que era por conta de um antigo vizinho que ela odiava. Descartado o nome Pedro, ela queria um nome de um príncipe para o filho. Pensou na nobreza inglesa para dar continuação à linhagem real da sua família. Foi fácil: o garoto ia se chamar Charles William, sem tradução ou acréscimo, filho da rainha Elizabeth, príncipe de Gales e futuro rei da Inglaterra. Uma pessoa fadada ao sucesso, pensou Dona Sara, exultante com a escolha. Aí, sim, a família real estaria completa.

Contudo, pela primeira vez nesta história da realeza paulista, o pai do menino se insurgiu. Também filho de imigrantes italianos, não ia permitir que seu filho homem tivesse um nome tão diferente assim, ainda por cima inglês. Achou pedante a alcunha. Dona Sara ficou indignada com a posição do marido. Aliás, ficou frustrada com o fato de ele não perceber que o nome de uma criança sempre aponta para o futuro e que, por isso, era preciso escolher o nome mais promissor possível. Mas ele bateu pé, resoluto a não negociar o que julgava um critério ridículo da mulher.

O fato é que ele vinha com a moral de quem não tinha dado nenhum palpite no nome das filhas princesas. Era uma moral acumulada. Era a sua vez de escolher, decretou. Porém, apaixonado pela Dona Sara, não queria confusão. Teria que encontrar uma solução inteligente para não contaminar a realeza familiar que ela imaginava, escolhendo um nome vulgar e comum para o seu filho. Não poderia ser João ou José. Tinha que ser um nome com pedigree.

– Vamos chamar de Antônio Gastão, o "príncipe soldado", que lutou no exército britânico na primeira guerra mundial, filho da princesa Isabel e do conde d'Eu – explicou, todo inflado.

Dona Sara nunca tinha ouvido falar daquele príncipe e não gostou muito do nome. Mas teve que aceitar a indicação, afinal, o tal Antônio Gastão, além de ter sido um príncipe brasileiro, ainda foi herói de guerra.

A esta altura é preciso que se diga que, apesar da preocupação dos nomes da realeza, a vida de Dona Sara era dura. O marido não ganhava o suficiente para a vida confortável que ela sonhava e a solução era explorar os dotes da mulher como costureira. Assim, era Dona Sara que fazia todas as roupas da sua família. Desde os uniformes escolares, passando pelos vestidos com laços de fita de Isabel e Teresa Cristina, até os shorts do príncipe. Naquele tempo, fazia parte das atribuições domésticas de toda a mulher o ofício de costurar. Provavelmente, porque quase não existiam lojas que vendessem roupas prontas como existem hoje em dia. Era quase tudo artesanal, feito por costureiras ou alfaiates.

Dona Sara fazia vestidos, calças, camisas e pequenos reparos. Passou a ser uma referência no Bexiga. Quando os clientes aumentaram, abriu um pequeno atelier e chegou a contratar duas assistentes. Com a renda deste trabalho e a do marido, proporcionou aos filhos boas escolas e cursos de idiomas. A estratégia deu certo e suas filhas mais velhas acabaram se casando com moradores dos Jardins. Tornaram-se mulheres classudas da zona nobre de São Paulo, deixando definitivamente de fazer parte da classe baixa onde nasceram, da qual sempre se envergonharam.

O filho não teve a mesma sorte das irmãs. Apesar de todos os esforços de Dona Sara para que ele estudasse em algum colégio católico, a tentativa não deu certo. O garoto teve graves problemas com as aulas de religião quando começou a perguntar ao professor, que também era padre, por que não estudavam outras religiões além do catolicismo, já que a matéria se chamava "religião". Acabou sendo "convidado a se retirar" e voltou a estudar em um colégio público. O pai das crianças, o verdadeiro herói desta história, nunca abandonou suas convicções e, sobretudo, sua imensa ligação com as coisas simples da vida. Ao contrário de sua mulher (que não teve oportunidade de estudar), ele se formou em contabilidade na universidade e falava fluentemente vários idiomas. No entanto, continuava comendo de boca aberta, sem se preocupar com nenhum protocolo de etiqueta. O garoto grudou no pai e nos seus valores suburbanos.

Dona Sara não viveu para assistir às consequências das escolhas que fez para a sua família. Acabou ficando doente e morrendo jovem. A doença consumiu os últimos anos da sua vida. Ficava meses internada, melhorava um pouco e voltava para casa. Neste vaivém de casa para o hospital, foi poupada de saber que suas filhas haviam se separado dos seus maridos abastados. Foram enganadas por eles nos acordos de divórcio e saíram praticamente como entraram nos casamentos: sem nada. As meninas sabiam que essa notícia seria devastadora para a sonhadora Dona Sara. Por isso, faziam questão de sempre irem visitar a mãe muito bem vestidas, devidamente emperiquitadas, como se estivessem prontas para um baile. A mãe amava ver aquele luxo das suas meninas, admirar a prosperidade das filhas. O que Dona Sara não desconfiava era que as roupas de princesas eram emprestadas das lojas em que passaram a trabalhar depois da separação.

Já o filho mais novo fez carreira de escritor. Esse ficou rico de verdade. Escrevia romances com títulos grandiosos: *Ricos e famosos em Saint-Tropez, Vivendo intensamente em Las Vegas, Escola de Magnatas*, entre muitos outros. Todos *best sellers*, traduzidos para vários países em vários idiomas. Para sorte de Antônio Gastão, que assinava com o pseudônimo de John Black, sua mãe nunca soube desse sucesso. Ainda bem. Dentro daqueles livros com capas sofisticadas com títulos elegantes se escondiam histórias eróticas, surubas, prostitutas, taras e ardentes fetiches. Pior, tudo regado a muita droga, desde tonéis de uísque até fartas carreiras de cocaína. Com certeza aquelas não eram as histórias que ela imaginava para um homem com nome de um príncipe soldado.

Apesar dos idílicos desejos da Dona Sara para a família, as filhas voltaram a viver do próprio trabalho e com dinheiro contado, em situação ainda pior ou igual à vida sacrificada da mãe. Com uma agravante: além de pobres, continuaram pedantes. Perderam o jeito classe média do Bexiga, mas não perderam a arrogância dos Jardins. No fundo, como dito no início desta história, Dona Sara tinha acertado: seu sonho de nobreza apenas flertava com o mundo dos milagres.

18.

Tá todo mundo nu

Na madrugada, a vitrola rolando um blues

Tocando B. B. King sem parar

Eu sinto por dentro uma força vibrando, uma luz

A energia que emana de todo prazer[i]

i - "Noite do Prazer", Arnaldo Brandao, Cláudio Zoli e Paulo Zdanowski (Warner).

– Roberto, boa noite. Aqui é o seu vizinho Jonas, do condomínio, tudo bem?

– Quanto tempo, Jonas, como vão as crianças e a sua mulher?

– Estão todos muito bem, obrigado.

– Gostaria de saber se você sabe o que está acontecendo na sua casa? Se você conhece seu novo inquilino? – A voz agora parecia meio chateada.

– Não conheço. Falei com ele poucas vezes. Me pareceu um cara legal. E paga em dia, direitinho. Além disso, a casa tá alugada por um ótimo valor. Por quê?

– É que o seu vizinho está usando a sua casa para gravar filmes pornográficos. Ele é dono de uma produtora muito atuante neste mercado pornô. Você sabia disso, Roberto?

Roberto demorou uns segundos para responder; havia sido pego de surpresa. Como assim? pensou. Com muita má vontade, respondeu:

– Jonas, eu não tinha a menor ideia que isto estava acontecendo. O meu contrato de locação é pra fins residenciais e eu nunca poderia imaginar esse tipo de utilização.

– E o que você pretende fazer sobre isso? – perguntou Jonas, pressionando.

Apesar de sempre ter achado seu vizinho um grande babaca, o cara mais vaidoso do mundo, naquele momento Roberto era obrigado a concordar com ele. Achava um absurdo aquela situação e estava se sentindo traído pelo inquilino, que omitiu que iria gravar filmes adultos na sua casa. Mesmo assim, resolveu irritar Jonas, só pra se divertir:

– Sendo bem sincero com você, não sei dizer isso agora. Em princípio, não me incomoda. Acho que é uma atividade como outra qualquer, não tenho nenhum preconceito. E, pela própria natureza do negócio, me parece que as cenas devem ser gravadas dentro da casa, com toda a privacidade, e não afrontam ninguém de fora.

– Não é bem assim – rebateu Jonas. – Há cenas gravadas na piscina, que dá pra ver aqui de casa.

– Mas ele não colocou um tapume separando os terrenos?

– Sim, colocou, mas, mesmo assim, dá pra ver tudo.

– Entendi. Vou falar com o inquilino. Fique à vontade para tomar qualquer medida.

– Farei isso, boa noite. – Desligou muito puto da vida.

Jonas, como esperado, bateu com a língua nos dentes e tratou de espalhar a novidade. A notícia correu rapidamente pelo condomínio. Agora era oficial.

Porteiros e vizinhos ficaram muito curiosos com o que estaria acontecendo dentro daquela casa. Mas essa curiosidade toda logo seria saciada pela divulgação em um site pornô das primeiras cenas gravadas na casa. Rapidamente descobriram que o inquilino, além de dono da produtora pornô, era o diretor das gravações e, de vez em quando, também participava como ator nos próprios filmes.

Finalmente, era possível ver aquelas mulheres e homens atuando, quer dizer, transando em todos os cômodos "da casa do seu Roberto". A casa, indevassável por fora, agora era totalmente devassada pelas telas dos celulares e computadores. Bastava se conectar e assistir. Com fineza de detalhes.

Uma semana depois, um primo liga pro Roberto.

– Vi a sua casa em um filme pornô, você está sabendo? – Ele foi direto.

A partir daí começou a receber cenas dos filmes. Os amigos iam mandando direto para o seu celular. Não sei se era só para avisar o que estava acontecendo na casa ou se era uma espécie de despeito. Roberto estava mesmo era impressionado com o alcance de público do gênero.

As cenas recebidas foram rodadas nos lugares mais inusitados da casa. No corredor, em cima do sofá que Roberto tinha herdado da sua avó e até na mesa da cozinha, onde criou seus dois filhos. Comentou com a mulher que aquilo dava um certo nojo. Não eram as clássicas cenas de sexo na cama. A maioria das atrizes era desinteressante e vulgar. Os homens não ficavam para trás, todos eram tatuados, tipo musculosos e muito bregas. Não era um elenco elegante em uma casa chique. Era um monte de atores feios, canastrões e cafonas completamente incompatíveis com aquele ambiente refinado. Roberto foi pego pelo seu orgulho.

O assunto no condomínio não era outro, só se falava em sexo e suas inéditas variações. Os comentários internos do pessoal eram sobre a atuação das mulheres, o que elas faziam, como faziam, o enorme pau do ator, essas coisas. Em pouco tempo, os porteiros, muito fofoqueiros, já sabiam qual era a especialidade de cada atriz que entrava no condomínio para trabalhar. Havia uma morena rabuda, por exemplo, que adorava fazer sexo anal nos filmes, era famosa por essa especialidade. Já uma outra, baixinha, era conhecida como a rainha do oral com final feliz. O destaque ficava para uma atriz chamada Rose, que tinha a habilidade de transar com cinco homens ao mesmo tempo. Uma façanha.

A produtora, além de filmar os clássicos da pornografia, também tinha uma linha editorial variada, com um nicho gay masculino forte, fetiches e outras fantasias. Quer dizer, o santo ambiente condominial ficou impregnado de sexo. Aos poucos, o elenco dos filmes já era íntimo de seguranças, jardineiros, piscineiros e porteiros, mesmo sem nunca terem tido qualquer contato ou intimidade com eles. É o fenômeno da telinha.

Mas o problema piorou quando um vizinho resolveu filmar a piscina com um drone e divulgar as imagens para um grupo privado do WhatsApp, que crescia a cada dia. Perderam o controle de quem eram os participantes. Sempre que a pequena máquina voadora estava no ar, todos os condôminos já sabiam que estava tendo filmagem. Logo, logo haveria novidades no grupo, acompanhadas dos comentários dos participantes sobre as cenas filmadas de cima:

– Você viu aquela preta? O que é isso, meu Jesus amado.

– Acho que ela era passista da Viradouro, sei lá, conheço aquela bunda de algum lugar.

– Nada disso, é a Jéssica que trabalhava no programa do Faustão.

– Benza a Deus, tanta saúde.

Tudo isso era culpa do Jonas, aquele vizinho bocudo, que espalhou a notícia, inclusive para um amigo colunista de jornal. Alguns dias depois, apareceu em destaque: "Casa em condomínio de bacana vira set de produtora pornô".

Roberto ficou pensando que tudo podia ser ainda pior: um adolescente aprendendo a tocar bateria, uma família cantando louvores todos os dias... Concluiu que ainda preferia o pornô.

Na assembleia convocada pelo síndico, as jovens senhoras indignadas falavam alto, como se nunca tivessem visto um filme pornô nos motéis que cansaram de frequentar quando eram jovens. Já os velhos lamentavam que o mundo estava perdido mesmo. Alguém mais atento perguntou: "Quem deu a notícia ao jornal?". Frisson no salão. Como desmentir as imagens? O feitiço começava a virar contra o delator Jonas que, naquela altura, estava encurralado pelos condôminos. Os proprietários que tinham casas à venda estavam indignados com a possibilidade de um escândalo. E se tivesse saído no jornal o nome do condomínio? Como é que o idiota achou que a divulgação dessa notícia não iria trazer prejuízos?

A solução era abafar o caso o mais rápido possível. A primeira providência foi impedir que o drone fizesse as filmagens, divulgando ainda mais o que acontecia no interior da casa. A sorte era que o dono do drone era morador do condomínio e entendeu a gravidade da situação. A segunda medida foi acabar com aquelas gravações o mais rápido possível, expulsando o indesejado produtor.

No dia seguinte, o inquilino recebeu uma notificação que dizia que ele estava exercendo uma atividade comercial, o que era proibido pela convenção do condomínio. A estratégia do síndico, com o apoio e concordância de Roberto, foi começar a multar a residência. Deu certo. Era muita pressão. O empresário mudou-se pouco tempo depois. Antes de ir embora, porém, ligou pro Roberto e pediu desculpas por não ter avisado previamente da indevida utilização que daria à casa. E emendou:

– Foi o seu vizinho Jonas que fez a denúncia contra mim?

– Sim, deve ter sido, porque ele reclamou comigo quando descobriu o que estava acontecendo. Eu disse pra ele que não me incomodava e que não tinha interesse na sua saída, mas deixei ele livre pra fazer o que quisesse. Por quê?

– Desculpe a franqueza, mas esse tal de Jonas não tem é coragem de sair de dentro da baleia – disparou.

– Como assim?

– Esse cara é um frustrado. Ficava escondido durante as gravações, se esgueirando por debaixo da cerca por horas só pra ficar espiando as filmagens. Todo o elenco sabia que ele tava ali. Depois de sacar que não ia conseguir chamar atenção dando uma de voyeur nas gravações, me chamou pra tomar um café na casa dele. E sabe o que ele queria? Se oferecer pra atuar nos filmes. Disse que era o sonho da vida dele. Já imaginou?!

2

19.

Seu Martins

Quando o apito da fábrica de tecidos

Vem ferir os meus ouvidos

Eu me lembro de você[i]

i - "Três apitos", Noel Rosa (domínio público/Mangione & Filhos).

Eu nunca soube o primeiro nome do Seu Martins. Só sei que ele era camiseiro, isto é, especializado em fazer camisas masculinas. Era um senhor baixinho e meio corcunda. Falava enrolado, com um sotaque estranho, meio português, meio espanhol. Descobri, anos depois, que ele era galego. Os galegos se confundem muito com os portugueses. Até o idioma é parecido. Seu verdadeiro sobrenome era Martinez, mas acabou virando Martins no Brasil.

Estava sempre vestido com uma camisa de cor clara e manga longa, bem encardida, metida para dentro da calça apertada com cinto. Não era muito chegado a banho, tal qual seus conterrâneos. Aliás, afirmava que um banho podia matar e a falta de banho, não. Ainda dava exemplo: uma pessoa que toma banho quente e depois se expõe a uma friagem pode pegar uma pneumonia e morrer. Já quem não toma banho, não corre esse risco. Por conta disso, ele fedia. Exalava uma espécie de ranço, uma inhaca brava.

Apesar do futum característico, mamãe adorava suas camisas, seu capricho no acabamento. Bastava fornecer o tecido e explicar o modelo pretendido. Seu Martins entrava com botões, forro e demais aviamentos. Quando voltava para entregar as encomendas, trazia as camisas embrulhadas em uma espécie de papel de pão. O embrulho vinha sempre muito amarrado, com vários laços, como se a camisa pudesse fugir daquela embalagem.

Como Seu Martins só sabia fazer camisas, mamãe se valia de um truque para que ele também fizesse roupas femininas. Encomendava camisas compridas, longas, de diferentes modelos de acabamento, com a recomendação de que os botões fossem colocados do lado esquerdo com as casas do lado direito, ao contrário das camisas masculinas. Deste modo, as camisas longas viravam um vestido chemisier. Além de camiseiro, Seu Martins passou a ser também um "vestideiro".

Sempre que passava muito tempo sem aparecer, eu ia chamá-lo em casa. Ele morava na rua Bento Lisboa, no Catete. Era um quarto mínimo, com uma cama, um armário e uma máquina de costura Singer de pedal. Ficava no primeiro andar, no térreo, e tinha uma janela de duas folhas que dava para a rua. Daquele ambiente saía um bafo quente malcheiroso. Ele me atendia pela janela mesmo, fingia que não estava entendendo muito bem o meu recado e dizia que ia aparecer no dia seguinte lá em casa.

Seu Martins tinha ficado viúvo há pouco tempo. Sofreu muito cuidando da da sua mulher que morreu devido a uma perversa diabetes. Menos de um ano depois, acabou se interessando pela Dona Cristina, uma modista que morava próximo à sua casa, na rua Correia Dutra.

Como ele, era também viúva. Perdera o marido ainda jovem. Vivia há anos de luto e só usava roupas pretas. Por coincidência, nasceram em cidades vizinhas na Espanha, perto da cidade de Rivadavia, na Galícia. Ambos estavam na casa dos 50, cheio de afinidades: conterrâneos, costureiros e viúvos. Acabaram se apaixonando se casando. O namoro foi rápido, pois eles não tinham mais tempo a perder. Católica fervorosa, a noiva não abria mão de se casar na igreja da Glória, com toda a pompa e circunstância.

No dia do casório, Dona Cristina, a noiva-modista, que tinha feito vestidos de casamento a vida toda para outras noivas, finalmente, largou o luto e caprichou no visual. Vestia sua obra-prima: um lindo modelo feito todo em seda pura com detalhes em renda, decote em V na frente e discreto nas costas, cauda em linho de seda com rosas de tecido aplicadas. Um luxo. No entanto, o grande destaque da noite ficou por conta do Seu Martins. O galego estava irreconhecível. Trajava um terno impecável, belíssimo, de lã fria, sapato de bico fino e – por mais incrível que pudesse parecer para toda a sua clientela e amigos convidados – encontrava-se de banho tomado, penteado e muito cheiroso.

20.

Tiões

Ilusão, ilusão

Veja as coisas como elas são[i]

i - "As cartas", Chico Buarque (Marola Edições).

– Afinal doutor, eu vou ficar curada? – insistiu Helena.

– Helena, esse seu câncer é tratável – respondeu, tentando novamente se esquivar da pergunta.

– Já entendi que é tratável. Quero saber se é curável? O que é muito diferente. Eu tenho quanto tempo de vida?

– Não posso precisar seu tempo de vida. Talvez um ano – falou baixinho, quase não se pôde ouvi-lo.

Mas ela ouviu, ouviu tudo, nos mínimos detalhes. Levantou-se, enraivecida, inconformada, deu soco na mesa e saiu da sala puta da vida.

Era uma sentença de morte ou, como alguns preferem dizer, ela "estava desenganada". A verdade é que o termo "tratável" funciona somente para os desavisados ou os que acham que mesmo assim não vão morrer. Ledo engano, morrem logo.

Nestes momentos da vida, não nos resta muita opção. Como esperar a morte sem fazer nada, sem tentar alguma alternativa, sem lutar? Talvez a melhor solução seja pegar o tempo que resta e se divertir, viver aventuras que não se teve coragem de viver por medo ou pudor, viajar, comer muita besteira, beber todo dia, falar o que quiser para quem quiser, se afastar de pessoas com quem se convivia somente por educação e por aí vai.

A decisão de Helena, já dentro do carro voltando para casa, foi lutar. Um dos caminhos que encontrou foi o espiritual. Já que a medicina não tinha ferramentas para curá-la, talvez os espíritos, a magia, a fé, pudessem resolver a demanda. E que demanda!

Começamos a via crucis da procura de lugares e pessoas que tivessem o poder da cura. Iniciou-se uma verdadeira peregrinação por esses milagrosos espaços. Todo mundo tinha uma recomendação, e os amigos sempre lembravam de alguém que havia sido curado por um espírito, por um pai de santo ou um curandeiro. E, como estamos no Brasil, não faltaram indicações mágicas. Essas pessoas que falam com espíritos estão em número maior do que se pode imaginar, todos muito poderosos.

Helena queria todos; se possível, ao mesmo tempo. Queria reunir uma junta espiritual para resolver de vez aquele câncer, pois tinha a pressa dos desenganados. Mas essas coisas não funcionam assim. Todos esses lugares "espirituais" são cheios de dificuldades, de fila, de obrigações. É como conseguir uma consulta com um médico famoso, de agenda lotada. Não é fácil, acredite.

Foram tantos que nem me lembro bem a ordem. Um deles foi o afamado João de Deus. Ele havia curado sei lá quem. Era uma celebridade, médium de vários artistas.

Consegui agendar graças à indicação de uma amiga jornalista, muito conhecida. Nos deslocamos para Brasília e, de lá, para a cidade da Abadiânia. No local de atendimento, entramos numa fila infinita. Finalmente, avistei, lá no fundo do enorme salão, o "Deus", quer dizer, o João de Deus. A postura dele era quase divina. Estava vestido com uma bata branca, com muitos asseclas à sua volta, verdadeiros dragões do umbral. Minha curiosidade era do tamanho daquela enorme fila que não andava e a minha ansiedade foi aumentando na medida em que a gente se aproximava do redentor. Ele agia com uma certa empáfia, uma espécie de soberba. Fui observando que ele decidia em segundos o destino de cada alma doente que ficava à sua frente. Afinal, ali ele era dono da vida e da morte. Para uns, dava uma receita em forma de rabisco; para outros, indicava uma sala para receber o caminho da cura. O critério era separar os doentes graves para serem tratados em outra sala.

Parece que a intuição daquele homem falhou na hora que nos viu. Eu fui indicado para a sala de curas e Helena passou direto, como se não estivesse doente. Ela recebeu a tal receita – aliás, igual a de todo mundo. Na hora, achei que ele trocou as bolas, se confundiu. Quem tinha que ir para a sala especial era ela e não eu.

Fui orientado a ficar sentado, de olhos fechados, ao lado de outros irmãos, em absoluto silêncio. Como pode eu ser escolhido sem estar doente, e ela ter passado direto? Provavelmente, é através de mim que iremos curar a doença dela. Eu sou a antena ligada ao mundo que os espíritos habitam. Assim vou poder canalizar as forças poderosas e ajudar a curar a minha mulher. Esses pensamentos me consolaram.

Ao final daquela sessão, saí com uma série de restrições: não podia comer carne de porco por trinta dias, sexo nem pensar, tinha que tomar alguns remédios comprados na farmácia de manipulação que havia no local, entre outras orientações de que não me lembro. Helena me esperava do lado de fora da tal sala. Eu não queria desanimar a sua busca pela cura, então saí disposto a cumprir todas as regras e exigências do famoso João de Deus. Ah, claro, tinha que voltar ao local em quarenta dias.

O remédio receitado pela entidade foi passiflora. Eu nem desconfiava que era o inocente maracujá. Mas tinha um detalhe que me deixou cismado: só podia ser comprado na farmácia do lugar. Achei o produto muito caro, um absurdo. Mas, nessas horas, a gente paga qualquer preço. Por curiosidade, perguntei se eu podia fazer a receita em outra farmácia. A gentil atendente disse que não. Acrescentou que a passiflora era benzida pelo próprio João de Deus, logo, vinha cheia de energia curativa. Olhando, hoje, os programas de televisão das igrejas evangélicas, vejo que é a mesma coisa. Todos oferecem um produto santo, benzido, exclusivo, muitas vezes trazidos diretamente de Jerusalém, da Terra Santa, que vai aproximar mais a pessoa de Deus.

Após fazer tudo o que foi recomendado, voltamos lá passados os quarenta dias. A conta da passagem aérea, do aluguel do carro, do hotel e das refeições chegou. A cura de Helena, não.

Mas a fé não tem limites.

Quem vai até a sede do João de Deus, que ficava no meio do Brasil, pode ir a qualquer lugar. E nós fomos a todos os lugares, a todas as feiticeiras, magos, curandeiros, a diversos terreiros de macumba, participamos de rituais, deixamos despachos na mata, no mar, nas encruzilhadas, com direito a muita vela, cachaça, comidas e animais mortos. Isso sem falar em um sem números de cirurgias espirituais, de passes e rezas de todo tipo. Visitamos também pessoas que ofereciam cura prânica, cósmica e até energia quântica. Fora as promessas a santos, Nossas Senhoras e outras entidades. Cada dia tínhamos a indicação de uma pessoa mais poderosa do que outra. E fomos atrás de todos, sempre com muita esperança e fé. Mas a doença, pouco a pouco, piorava.

Depois dessa exaustiva procura, cheguei à conclusão de que estamos mesmo num mundo de vaidades e/ou do dinheiro. Muitos destes médiuns se sentem importantes no seu meio apenas por fazer aquilo e, paralelamente, podem movimentar muito dinheiro em torno dessas ofertas milagrosas de salvação e cura.

Nem tudo estava perdido, no entanto; finalmente, descobrimos Tião, santo Tião. Vinha recomendado por um médico ortomolecular, integralista, da nossa confiança.

Foi um custo conseguir contato com aquele homem. Depois de muitos dias e muita aflição na espera, ele apareceu lá em casa. Era um homem moreno na casa dos 40 anos, com uma barriga enorme, porém ágil. Logo percebi que era muito inteligente e ouviu com atenção tudo que ela estava sentindo e o seu fatídico diagnóstico. Tião disse para ela não se preocupar que ele iria curá-la. O tratamento seria longo, mas teria um final feliz.

Ele perguntou onde era o nosso quarto e formos para lá. Pediu que eu levasse água e uma faca. Cheguei com uma faca pequena, de comer. Ele explicou que queria uma faca grande, de cozinha, a maior que tivesse. Peguei uma enorme, de churrasco. Enquanto ela tirava a roupa, ele pediu para ir ao banheiro e voltou de lá já falando diferente, murmurando, com a voz meio confusa, como se estivesse com a língua enrolada, incorporado por um animal, uma entidade espiritual. Pegou a aquela faca enorme e começou a espetar perto do seio dela. Sinceramente, pensei que ele ia furá-la. Eu me afastei um pouco da cena, estava muito mobilizado por tudo aquilo.

O tempo todo ele ficava falando umas coisas ininteligíveis, até que se aproximou por um instante da ponta da faca. Neste momento, começou a sair de Helena um líquido horrível, fedido, grosso, meio amarelado. Não se parecia com pus. Era uma gosma nojenta, que tinha algum resíduo de carne estragada, sei lá, nunca tinha visto nada igual àquilo. Tião bebeu a água e pediu papel higiênico para limpar o corpo dela daquela gosma. O local ficou levemente arranhado. Aparentemente, a faca não chegou a machucar a pele. Era um arranhão superficial, muito pequeno.

Ficamos impressionados. Pela primeira vez, havia um resultado, um fenômeno, uma espécie de comprovação. Helena ficou feliz, se sentindo revigorada com a saída daquele negócio de dentro dela. Parecia que parte da doença, do mal, estava sendo expurgada do seu corpo.

Perguntei a ele quanto era essa visita. Ele disse que nada, mas que gostaria de uma ajuda para a gasolina. Falou um valor. Pagamos satisfeitos, com as esperanças renovadas.

A questão era saber como prosseguir com aquele milagroso tratamento. Ele falou que fazia um circuito por várias residências e que poderia voltar alguns dias depois. E assim foi por muitas semanas. De vez em quando, ele não vinha, nem avisava. Nestes dias, Helena ficava muito nervosa, ansiosa, com receio de não dar continuidade ao tratamento e a doença progredir.

Com o passar do tempo, fui perdendo o medo de ficar perto daquele ritual e comecei a me aproximar mais daquela faca. Um dia, já acostumado com tudo que ia acontecer, eu me posicionei bem de frente para aquela cirurgia espiritual. A entidade que tomava conta de Tião pediu para que eu me afastasse dali. Confesso que achei estranho o pedido. Foi como se o cristal do encantamento tivesse se quebrado. Naquele momento, uma luz amarela acendeu dentro de mim. Não sei a cara que fiz, mas acho que ele percebeu essa minha reação.

Comecei, então, a repassar todos os passos que aquele

homem seguia. Uma coisa marcante foi perceber que ele sempre pedia para ir ao banheiro antes de começar. O que será que ele faz lá?, pensei. Uma vez, cheguei perto do banheiro e ouvi barulho de descarga e também de água saindo da torneira. Tudo certo, como deve ser. Mas fiquei atento e tentei perceber alguma outra sutileza, já que agora não poderia mais me posicionar em certos lugares durante aquele rápido momento em que ele usava a faca.

Um dia, depois que ele foi embora, recolhi no lixo o papel higiênico com aquele material que havia saído do corpo dela. Pedi uma análise a um laboratório. O resultado demorou a sair. A conclusão foi que não eram restos humanos. Não tinha DNA humano. Parecia resto de galinha e também de porco, uma espécie de lavagem.

Nada me tirava da cabeça que o segredo era aquela ida ao banheiro. Resolvi comprar uma caneta espiã. Ela vinha com uma microcâmera no seu corpo e gravava tudo. Posicionei a caneta dentro do copo das escovas de dente e deixei gravando. Não via a hora de recuperar as imagens.

Assim que ele saiu, fui imediatamente conferir o que a caneta tinha gravado. Constatei que ele colocava na boca uma espécie de bexiga, como se fosse um pequeno óvulo feito da tripa da linguiça. Na hora do show, ele ficava ruminando aquilo até que se rompesse na sua boca. Rapidamente, cuspia o conteúdo em cima da vítima. Outra fraude, feita por um ilusionista. Não comentei nada.

Helena morreu sem saber que Tião a enganava. Pensando bem, salvou-se após ser iludida por tantos picaretas.

Depois de anos vendendo a falsa esperança de curar dezenas de pessoas, iludindo os doentes em nome de Deus, tive a notícia que Tião havia morrido de infarto fulminante no interior da Bahia. Tenho certeza de que o Diabo fez questão de vir buscar sua alma pessoalmente.

21.

Francês e a Pedra da Gávea

É madeira de vento, tombo da ribanceira

É o mistério profundo, é o queira ou não queira

É o vento ventando, é o fim da ladeira[i]

i - "Águas de março", Tom Jobim (Corcovado Music Corp.).

Começamos a subir a Pedra da Gávea movidos pelas lendas e mistérios que cercam aquele lugar. Mas não era só isso. Com os seus 842 metros de altitude, é a montanha mais alta à beira-mar do mundo. Por causa de sua altitude e da proximidade com o mar, a Pedra da Gávea foi o primeiro acidente geográfico carioca a ser avistado e batizado pelos portugueses durante a expedição exploradora capitaneada por Gaspar de Lemos, em janeiro de 1502. Ao se aproximarem da entrada da Baía da Guanabara, chamou a atenção dos marujos uma imensa montanha, cuja ponta se assemelhava a um "cesto-de-gávea", que era o nome do posto de observação localizado no alto das suas caravelas, por isso a batizaram imediatamente de Pedra da Gávea.

As lendas rezam que dentro da Pedra da Gávea estariam sepultados os filhos gêmeos do rei fenício Badhezir, que teriam morrido na Baía da Guanabara em um naufrágio muito antes de Pedro Alvares Cabral chegar ao Brasil. Tudo isso porque, no século XIX, descobriram inscrições cravadas no alto da pedra com os dizeres "JETHBAAL, FENÍCIO DE TYRO, PRIMOGÊNITO DE BADHEZIR". Mas essa é outra história.Para se ter ideia da anatomia do local, em uma das faces da montanha, a pedra tem a aparência de um rosto humano barbado e munido de elmo. Abaixo deste rosto, no lugar onde seria a orelha, existe uma caverna onde descansamos naquele dia. Servia de abrigo a todos os visitantes e era muito conhecida por quem conseguia completar a subida. Lá as pessoas dormiam, comiam e conversavam em volta da fogueira. E foi lá que conheci o simpático Francês. Era jovem, um pouco mais velho que a gente, trajava bota, bermuda e um facão pendurado no pescoço. Ele nunca usava calças compridas. O fato é que frequentava o local há anos, subindo e descendo a pedra todo final de semana, sempre com muita disposição e agilidade. Sabia tudo sobre as tais lendas que nos levaram até lá. Como era um curioso das coisas do mundo, ele falava muito, contava muitas histórias e muitas novidades. Era mesmo um profundo conhecedor da Pedra da Gávea. Sabia de esconderijos, grutas e clareiras como poucos naqueles tempos.

Na semana seguinte, voltamos à pedra. Lá estava novamente o Francês, com sua bermuda e suas botas surradas. Fomos ficando amigos. Cada vez mais eu me interessava por aquele ambiente. Cheguei a passar dias lá por cima, feliz da vida. Acabamos criando um grupo fixo que se apaixonou pela magia do lugar: eu, Joe, Marcos e Gustavo. De vez em quando, convidávamos mais gente, normalmente amigos próximos. Uma vez, levamos as namoradas. Nunca mais quiseram voltar.

Francês era destemido, além de muito solitário e solidário, portava-se como um defensor do local. Recebia as pessoas como se a Pedra da Gávea fosse sua casa. Zelava pela limpeza da caverna e das trilhas, sabia onde era a fonte de água potável e sempre mantinha lenha na caverna para cozinharmos.

O fato é que ele mesmo começou a virar uma lenda na Pedra da Gávea. Considerado um guardião, era sempre o primeiro a chegar nos finais de semana e o último a sair do alto da pedra. Não tinha noite, hora ou chuva que o detivesse. Em dias chuvosos, chegava de poncho verde, chapéu e cigarro na boca, muito animado. O melhor é que fomos contagiados por aquele entusiasmo e passamos também a subir a Gávea sob qualquer circunstância. Era nossa prioridade, nossa cachaça, nosso vício semanal.

Uma aventura que vivemos naquela época foi levar meu professor de física do cursinho, o Cury, e sua linda mulher lá pra cima. Na orelha, as acomodações eram um pouco promíscuas quando havia muita gente para dormir. Quer dizer, ficava uma pessoa ao lado da outra, quase encostada. Não deu outra. No chão, lado a lado, deitaram o Cury, a mulher, o amigo Marcos e eu. Segundo o Marcos, a mulher começou a se encostar nele embaixo do cobertor. Ele não se fez de rogado, excitado com a situação de o marido estar dormindo bem ao lado dela, e começou a bolinar a moça. Já a versão dela foi outra. Achou que quem a estava tocando era seu marido. Conclusão: quando se deu conta de que não era o marido, se arrependeu por ter deixado o Marcos avançar e se levantou, dizendo, aos berros, que estava sendo molestada. O Cury, que era meio obeso, acordou de chofre, não entendo nada, ainda aéreo pelo sono. Quando se inteirou, partiu para cima do Marcos. Uma confusão danada, um disse me disse, gritaria. Pensei que o Marcos seria jogado lá de cima.

A vida me separou do Francês e também de toda a nossa turma da Gávea. Fomos trabalhar, casar, viajar e acabamos nos afastando daquele templo sagrado. Mas nunca perdi o contato com ele.

Quando completei sessenta anos, resolvi comemorar meu aniversário de forma diferente. Reuni aquela turma toda, inclusive o Francês, para anunciar que iríamos visitar a Gávea quarenta anos depois. Nem preciso falar que, além de velhos, estávamos sem preparo físico e barrigudos, e que alguns já tinham comorbidades. O único inteiro da turma era o Joe, um delegado de polícia aposentado. O plano era alugar um helicóptero e voltar ao lugar em que fomos mais felizes na vida. A descida seria a pé mesmo. Afinal, para descer todo santo ajuda.

Como pousar de helicóptero no alto da Gávea é proibido, o piloto topou levar a gente pela manhã, bem cedinho, fugindo dos olhos da fiscalização. Antes das seis já estávamos voando. Era uma manhã linda de dezembro. Escolhemos a data a dedo, misticamente. Queríamos estar no alto da pedra antes do solstício de verão. Explico: uma outra lenda é que, no solstício, há uma troca de "guarda" dos seres que vigiam uma das entradas da cidade de Agartha, a capital do reino de Shambalah, que fica justo na Pedra da Gávea. O voo foi deslumbrante, por toda a costa da Barra da Tijuca. O helicóptero se aproximou por cima do topo e foi baixando até pousar. Desembarcamos e ele deixou imediatamente o local.

O alto da Gávea, com sua vista esplendorosa, nos aguardava. Pareceu bem maior do que eu lembrava. Estávamos todos maravilhados com aquela inesperada oportunidade de rever a Gávea, de aproveitar a sua vista de 360 graus. Resolvemos nos dirigir para a orelha, nosso refúgio histórico. Na memória juvenil de todos, a distância entre o cume e a caverna era pequena. Partimos destemidos para aquele lugar sagrado, mas nossas pernas não foram avisadas de que a distância não era pouca como nossa inocente lembrança apontava. O trecho foi muito mais pesado do que imaginamos, e exigiu muito de nós. Quando chegamos, já estávamos todos doloridos.

Por incrível que pareça, a caverna estava sem sinais de uso. Parecia que ninguém dormia nela há anos. Tinha a aparência de uma gruta virgem. No momento em que nos aproximamos, no entanto, surgiu um alpinista. Ele nos contou que há muito tempo a administração do Parque Nacional da Floresta da Tijuca não permite pernoite na Gávea. Disse que, com o passar dos anos, essa caverna tinha sido totalmente esquecida pelos montanhistas, que somente os alpinistas a conheciam atualmente. Parece que aquele nosso lar ficou preservado na memória de poucos privilegiados e que estava ali, incólume, esperando nossa visita depois de quarenta anos.

Agora tínhamos que voltar para o cume, onde há a saída

para a descida da pedra. Mas as pernas não estavam mais em condições de sair do lugar. Aquele pequeno trajeto de descida foi o suficiente para prejudicar nossos planos. Com muito esforço, muito mesmo, conseguimos retornar ao cume. Lá, conversa vai, conversa vem, alguns montanhistas falaram de um tal de Francês. Silêncio. Francês, ali presente, ficou mudo. Os montanhistas prosseguiram dizendo que o Francês subia pelas pedras, evitando as trilhas tradicionais. Usava de "atalhos secretos". E que em um desses atalhos acabou descobrindo a entrada para o túmulo de Badhezir. Disseram mais: que o Francês fazia rituais com os espíritos superiores e que até os óvnis desciam no alto da Pedra da Gávea quando isso acontecia.

A cada história, o verdadeiro Francês ficava com o olho mais arregalado. E nós, ali, ouvindo aquelas fantasias. E nem dava para desmentir. Seria complicado provar que nada daquilo havia acontecido. Incontidos, perguntamos o que tinha acontecido com ele. Estava vivo? Um dos montanhistas afirmou que ele havia sido abduzido. O outro, com ar senhoril, contestou: nada disso, ele caiu da pedra quando escalava, e o corpo nunca foi encontrado.

Ficamos nos olhando e pensando como é que as lendas se formam. E como era possível, depois de tantos anos, ainda saberem que existiu um tal de Francês.

Já eram umas onze da manhã e tinha chegado a hora de descer. Fazia um calor inacreditável. Iniciamos a volta planejada. Em apenas dez minutos de descida, o Marcos deu defeito, começou a passar mal. Ele, que já tinha infartado há uns anos, queixava-se agora de dor no peito. Sentou no meio da trilha. "Daqui não saio", declarou solene. Constatamos que seria mesmo impossível ele prosseguir. Estava exausto e tinha a tal dor. Exausto na descida? A coisa era séria. Liguei para o Corpo de Bombeiros e expliquei a emergência. Queriam resgatá-lo a pé. Expliquei que seria muito complicado esse plano. Descê-lo em uma maca, com vários bombeiros, seria arriscado e imprevisível por causa da escalada que teriam que enfrentar no caminho de volta.

Passei pelo menos duas horas no telefone. Comecei falando com o atendente. Aos poucos, fui sendo transferido para o sargento, depois o tenente, capitão, até convencer o Coronel em liberar o helicóptero para o resgate. Isso porque eles achavam que nós tínhamos subido a pé, nunca imaginariam que fomos de helicóptero. Eles nem perguntaram como Marcos tinha conseguido subir. Em uns trinta minutos, aquela aeronave vermelha dos bombeiros pousou no topo da Gávea. Ajudamos os socorristas, e o Marcos foi levado direto para o hospital Miguel Couto.

Restava descer. Agora era eu, Joe e o Francês, a lenda viva reencarnada.

Começamos a jornada de volta. Devido à nossa total falta de preparo físico, rapidamente as pernas começaram a falhar, a tremer. Francês estava ainda pior do que eu por causa da sua imensa barriga e dos maços de cigarro que fumava todo dia. Quando chegamos na Carrasqueira, pensei: fodeu. Em nenhuma hipótese ele conseguiria vencer a parte mais perigosa do caminho. Por sorte, tinha um guia com uma corda cobrando para subir e descer as pessoas no local. Assim foi feito. Desci pela pedra, na unha, me cagando, e o Joe também. Ficamos aguardando o Francês ser baixado de lá de cima.

Daí em diante, foi patético, para não dizer outra palavra. A minha completa falta de preparo físico realmente não era nada se comparada à do Francês. A situação dele era grave. A cada cem metros, se jogava no chão, assumia a posição fetal e chorava. Uma cena dramática e triste. Do chão, ele ainda murmurava: "Podem ir descendo que eu vou depois". Com certeza, estaria dormindo lá até hoje. O irônico foi quando passaram por nós aqueles montanhistas que, pouco tempo antes, exaltavam as aventuras de um tal Francês, o lendário herói da Gávea. Nunca poderiam supor que aquele mito era o mesmo que estava ali, deitado na trilha, chorando de dor, inerte, derrotado pela mesma Gávea de onde um dia foi o rei.

Tudo teria sido mais tranquilo se ainda não estivéssemos no início da caminhada de volta.

Viemos pé ante pé, muito lentamente, as pessoas que subiam a trilha chegavam ao topo, andavam lá por cima e depois de descer ainda nos alcançavam na volta. Uma vergonha interna para nós, que tínhamos um passado de glória naquelas trilhas. Mas tudo sempre pode piorar. A noite caiu pesada. Não havia luar. A escuridão total de floresta se abateu sobre nós. Um breu absoluto. As lanternas, fracas, mal davam para iluminar a trilha e a água acabou. Estávamos exaustos e sedentos.

Lembro que, quando éramos jovens, chegamos a subir a Gávea em uma hora e dez minutos. Na descida, apostávamos corrida. Em média, levávamos uns quarenta minutos para descer a pedra em desabalada correria. Sim, era um tempo recorde. Em ritmo normal, a descida da Gávea demorava umas duas horas. Mas naquela escuridão a trilha não acabava, tínhamos a impressão de estar perdidos. Tudo acompanhado de uma dor nas pernas que piorava a cada passo. Nossos joelhos já tinham virado pó. Finalmente, vimos algumas luzes distantes. Quando chegamos ao final da trilha, a porta do parque já havia fechado e o guarda não estava na guarita. Ainda tivemos que pular o muro para sair. Naquele dia fatídico, demoramos onze longas horas para descer. Um novo recorde.

No dia seguinte, soube que o Marcos foi para o hospital e passou por uma bateria de testes que não deram em nada. Conclusão: ele foi e voltou à Gávea de helicóptero. Fez um passeio turístico. Sinceramente, acho que, quando viu o que esperava por ele naquela descida, amarelou e fez um teatro. Ele era desses. Já o Joe passou incólume pela aventura. As horas diárias de academia fizeram toda a diferença. Eu passei dias sem poder me levantar da cama nem para pegar água, tomando remédio para a dor. Quanto ao Francês, acho que deveria ter descido de helicóptero no lugar do Marcos. Quando me despedi dele, me dei conta que até hoje não sei o seu nome verdadeiro. Melhor assim.

O final do nosso passeio dominical foi um alívio para um episódio que tinha tudo para acabar em tragédia. O fato é que a Pedra da Gávea é a montanha que detém o título de campeã brasileira em acidentes fatais. Talvez uma maldição imposta pelo rei Badhezir a alguns que tentam violar seu sossego eterno. Eu não acredito em bruxas, mas acho que as entidades fenícias sabiam do nosso passado histórico naquele local e nos protegeram.

22.

Retrato cantado

Quem me vê sentado

Atrás desta mesa de escriturário

Não vê o tarado, o louco, o sanguinário

O bárbaro sem véu, o estripador cruel[i]

i - "Retrato cantado", Aldir Blanc e Márcio Proença (Universal MGB).

Marcio Proença é um personagem tão confuso quanto a diferença entre um conto e uma crônica. Começa pela sua vestimenta, completamente fora dos padrões, meio roupa de mágico, meio de bicheiro: calça branca, camisa preta meio aberta, colete vermelho, camiseta por baixo. Tudo isso adornado por vários cordões com medalhas de santos no pescoço, tênis amarelo, muitos anéis e os dois braços cobertos de tatuagens. Em nenhuma estação do ano, nem nos dias de calor senegalês, ele mudava a indumentária. Pensando melhor, lembrava a roupa do Coringa; quer dizer, mudavam as cores, mas a ideia era a mesma. A camiseta por baixo servia para se proteger da friagem que imaginava existir e não existia. Estava sempre com frio ou quase com frio. Talvez para compensar um coração transbordante de paixão, bom e doce. Tinha uma voz grave, visceral, sibilada. Voz de uísque, como dizem, cheia de manha, de malícia.

Proença alternava tranquilamente o malandro e o revolucionário; capaz de fazer uma apologia libertária ou se insurgir contra uma bobagem qualquer. O mais importante: foi um compositor de vanguarda, arrojado, sem compromisso com o moderno. Sagrado e profano.

Bebia bem, muito bem, tomava todas. Era conhecido como "pé de boneco", porque ficava com as pernas bambas como os bonecos de pano quando tomava seus porres. E foram muitas as bebedeiras, quase que diárias. Ultimamente, bastava beber um pouco pra já ficar alterado. Quando ia lá em casa, eu servia cerveja sem álcool. Ele não percebia a diferença. No final da noite, falava: "Sua casa é mágica, bebi a noite inteira e estou inteiro". Por incrível que pareça, gostava mesmo era de leite gelado. "Bebo pra me embebedar", afirmava. Adorava mulher, mas preferia uma massagem nos pés. Só quem conviveu mais de perto com essa figura é que consegue entender um pouco melhor estas opções.

Uma das suas especialidades era colocar apelido nas pessoas de quem gostava. Eu era chamado de "Cafurinha", não sei até hoje o porquê. O "Peruquela" era um amigo que usava uma peruca ridícula. O Marcus Lima era o "Matuína" e a mulher dele, a "Coxuda". O Célio, que toca um violão lindo, ele apelidou de "Cathiguria". O Zé Francisco era o "Zé Arisco", por ser muito inquieto. O Marcos Roberto era o "barriga" pelo tamanho da pança de cerveja. Tinha também a "Fátima Boquete" – a razão desse apelido a gente nem imagina.

Além dos seus dotes de compositor e cantor, Proença também tinha um pau enorme. Ele mesmo se gabava disso, sem modéstia. Era tão grande que apelidou o membro de "tronco de Aroeira". Pois bem, um tempo depois de divorciado, começou a namorar. A moça era mais nova que ele e embarcava em todas as suas loucuras.

Uma delas foi a tentativa de fazer uma troca de casais, um swing, com uns velhos amigos dele. Depois de todos terem bebido muito, a mulher do amigo começou a se insinuar para a sua jovem namorada. Proença não se fez de rogado, e, como quem não quer nada, abriu o zíper e desembainhou o seu "tronco de Aroeira", permanecendo sentado no sofá calado, assistindo ao desenrolar daquela paquera. A mulher, quando viu aquilo posto em repouso, assustada com o tamanho, virou-se para o marido e falou: isso não é de Deus. Literalmente, "correu do pau", acabando com a festa.

Se o tamanho do falo ganhou alguma fama, o mesmo não se pode dizer da sua biografia artística que permanece desconhecida. Certa vez, uma das suas músicas foi classificada para o Festival Internacional da Canção. No dia do anúncio das finalistas, ele estava com um enorme furúnculo na bunda, muito inflamado e dolorido. Quando o apresentador anunciou que a sua canção havia sido premiada e o chamou ao palco, uma colega cantora deu-lhe um tapa na bunda e disse um "vai amigo". O furúnculo estourou na hora, manchando toda a calça de pus e sangue. Com uma mistura de intensa dor e vergonha, foi receber seu merecido prêmio.

Suas manias aumentaram muito quando ficou mais velho. Uma delas era falar mal dos outros. Gastava saliva em um bláblábla sem fundamento e, quase sempre, exagerado. Um dia, confundiu os nomes da agenda e ligou para um amigo em comum, começando a falar mal de um determinado cantor. O amigo, quando percebeu quem era a vítima, incentivou o discurso, botando lenha na fogueira.

– Não acredito que aquele filho da puta fez isso com você – falou o amigo.

– Não fez só comigo, não. Todo mundo reclama dele.

– Sei que ele é seu parceiro, que você gosta dele, mas vou te dizer: toca um violão mequetrefe e ainda canta mal. – O amigo não se continha.

– Também acho – corroborou Proença.

– O que fico me perguntando é como você ainda faz música com ele?

A partir daí, Proença foi se entusiasmando, desabafando suas reclamações e críticas. Desligou feliz da vida, desanuviado. O que ele não se deu conta foi de que quando fez as reclamações estava falando justamente com o alvo das suas críticas.

O folclore em torno do Marcio Proença é imenso. Muitas histórias parecem lendas urbanas, mas algumas são rigorosamente verdadeiras. Uma dessas, talvez a mais famosa, ouvi a versão de um amigo em comum, com direto à reprodução do diálogo. Ele contou que o Proença arrastou uma conquista recente pra um restaurante metidinho a besta e fez um galanteio pra ela típico da verve "proençal":

– Adorei seu modelito Fezes Chanel – declarou como um

elogio à moça.

A dama engasgou:

– Fezes?!?

A explicação é um raio-X do cara:

– Eu jamais usaria a palavra cocô pra descrever a roupinha de uma jovem fina como você.

COSME E DAMIÃO

23.

Damião faz 100 anos[i]

Seu Damião é mestre de capoeira

Lecionou na gafieira dança de salão

Foi condecorado como raridade

bem dotado, aviagrado, sem contestação[ii]

i - Conto inspirado no samba "Seu Damião", de Marcus Lima.

ii - "Seu Damião", Marcus Lima (direto).

Damião tem 99 anos bem vividos. Aliás pouca gente vive tanto, tão intensamente e com tanta saúde como ele. Seguem algumas facetas deste verdadeiro hedonista.

Foi batizado com o nome grego de Damião, em homenagem a São Cosme e São Damião. Seus pais eram muito devotos da Santa Igreja, por isso estudou em um tradicional colégio católico, que existe até hoje.

Foi uma criança bagunceira. Brincava na rua e jogava futebol. Fez muita merda e por isso levou umas boas coças da sua mãe

Quando jovem foi morar na Inglaterra. Lá, se interessou pelas aventuras e histórias do Coronel Percy Fawcett, um arqueólogo e explorador britânico que desapareceu ao organizar uma expedição para procurar por uma civilização perdida na Serra do Roncador, em Barra do Garças, no estado do Mato Grosso, justamente aqui no Brasil. Quando voltou de viagem, resolveu tirar um ano sabático e investigar o desaparecimento do Cel. Fawcett. Passou mais de um ano convivendo com os índios e teve a oportunidade de conhecer um Brasil profundo, ignorado por muita gente que vive nas capitais. Aquela experiência de sair da zona de conforto para um ambiente tão diferente e hostil marcou para sempre o jovem de classe média. Seu Damião, como ficou conhecido, voltou para a civilização sem pistas sobre o desaparecimento do Cel. Fawcett, como era de se esperar.

A primeira conclusão a que chego é que a experiência do período na Inglaterra e o convívio com os índios no interior do Brasil foram determinantes na sua formação sociocultural e na construção dos seus valores de vida.

Seu Damião seguiu em busca dos seus ideais e arrumou um emprego na Funai, um órgão do governo para a proteção dos índios. Era um serviço burocrático, um pouco distante do que ele imaginava, mas que pagava as contas. Por outro lado, a sorte sempre foi muita amiga de Damião, e com este novo trabalho não foi diferente. Ele teve uma sucessão de chefes flexíveis, que nunca foram rigorosos com horários e tarefas. Foi um típico funcionário público do seu tempo, sem ponto eletrônico nem catracas. Gostava do bom salário e de estar no escritório pela camaradagem dos colegas e pelas paqueras.

Falando em paquera, quem sabia mais desse assunto era um amigo dele, hoje falecido. Era um vizinho, quase seu irmão. Tinha a língua solta, falava tudo. Uma vez, ele me disse que Damião era o terror das estagiárias da Funai, que todas eram meio ripongas, bem alternativas. Disse que Damião pegou todo mundo por lá, inclusive suas chefes. Colhendo informações aqui e ali, acabei concluindo que realmente sou filho de um sedutor. Conquistava as mulheres contando os casos de Londres ou as aventuras nas aldeias.

Seu Damião tinha, e ainda tem, borogodó: até poucos anos atrás, riscava o salão como ninguém. Desde jovem, frequentava as gafieiras da cidade e chegava nos bailes aprumado, perfumado e sorrindo. Ia com sapato branco e um belo paletó. Quando ele despontava na pista, a mulherada se esquentava e formava fila para dançar com ele. E ele atendia a todas e todas amavam. Dançava todos os ritmos – bolero, tango, salsa, foxtrote –, mas sua especialidade era o samba. Fazia todas aquelas firulas clássicas, desde o puladinho até o cruzado. Diziam que ele era aviagrado. Um homem bom de papo e que amava dançar: um perigo.

Depois de badalar bastante pela vida, encontrou minha doce e gentil mãe. Uma mulher linda, fogosa e interessante, que trabalhava vendendo passagens em uma grande companhia aérea. Ele se enrabichou por aquele mulherão e pelo casal de filhos que ela já tinha. Foram morar juntos e nunca mais se separaram. Como ela trabalhava com aviação, ele passou a ter direito de viajar quase que de graça. Aí, juntou a fome com a vontade de comer. Damião não parou mais de viajar.

A passagem era gratuita, mas a hospedagem, não. Só que isso não chegou a ser um problema para ele. Ele sempre teve a capacidade invejável de se alojar em qualquer lugar, por pior que fosse. Quando estava na casa de amigos, ele não incomodava, ficava invisível. Dormia na sala se for preciso e, logo pela manhã, o sofá já estava arrumado. Usava o banheiro na hora que não tinha gente em casa. Sempre comia na rua e não consumia nada na casa dos outros. É muito discreto. Nem roncar ele ronca. Por esse motivo, os anfitriões adoravam recebê-lo e deixavam a porta aberta para ele voltar quando quisesse.

Quando não havia hospedagem gratuita ele só escolhia hotel vagabundo, baratinho. Não era por falta de dinheiro, era por princípios. Detestava gastar com hospedagem. Achava esse tipo de conforto um artigo de luxo. Para ele, ainda hoje basta ter uma cama e um banheiro. Ele sempre diz que não viajava para ficar dormindo no quarto. Queria passear. Caso não pudesse andar de transporte urbano, ele alugava o carro mais barato da locadora. E não comprava nada, é claro. Antigamente, ainda trazia umas garrafas de uísque do free shop.

A bem da verdade, Seu Damião só fazia compras se a loja já fosse barateira e estivesse em liquidação. E só comprava se estivesse precisando muito do produto. Do mesmo modo que não gostava de pagar por conforto, também não gostava de gastar dinheiro com automóvel caro. Ele tinha o básico: um carro que não quebrava e poucas roupas. Aquele amigo língua solta, o falecido, chamava ele de muquirana. Dizia que a única coisa com que Damião não se importava era pagar para conhecer novos restaurantes. Para beber também nunca economizou.

Atualmente, Seu Damião leva uma vida espartana. Nos áureos tempos, ia à academia umas três vezes por semana (a mais barata que tivesse, mesmo que andasse muitos quarteirões para malhar). Dorme pesado à noite, sem preocupações e qualquer tipo de culpa. Também tira uma soneca depois do almoço, lê muito, vê séries na televisão e vê escondido uns filminhos picantes no computador de vez em quando. E bebe. Adora beber. Se deixar, bebe diariamente. Gosta de bebida de boa qualidade. Não precisa ser a mais cara, mas tem que ser honesta. Não se arrisca a tomar nada fajuto. Leva a bebida a sério.

É louco por cinema americano. Tem profunda admiração pelo "american way of life". Como prova, ele ainda conserva em casa uma antiga geladeira que trouxe de lá. Sempre se recusou a comprar uma nova, para desespero da mulher. Tinha um técnico que fazia os consertos, mas esse também já morreu. Atualmente, é impossível achar peças de reposição para aquela geladeira jurássica que ele insiste em manter na cozinha. O engraçado é que a geladeira não quebra mais.

É amigo de todos. Vai a um restaurante e é conhecido do dono, do gerente e do garçom. Sabe a vida pessoal deles, para que time torcem. Tem até o telefone deles. E não é porque gaste muito nestes lugares. É pela simpatia mesmo. Só tem implicância com porteiros.

Lê com regularidade e é um homem culto. Verdadeiramente culto, sabe das coisas. Fala de mitologia, cinema, literatura e filosofia com desenvoltura. Mas não esbanja conhecimento e nem é vaidoso com isso.

Tem um fator importante que explica em parte sua longevidade: se cuida muito. Qualquer desconforto, uma pequena alergia, uma dorzinha de cabeça, enfim, uma besteira com que ninguém se preocuparia, ele corre para o médico. E não tem essa de marcar e esperar o dia da consulta. Quer ir no dia, tratar na hora, mesmo que seja em um médico iniciante. Sua mulher sempre falava: "Ele é um cagão, vai ao médico por qualquer motivo". Tem muito medo de morrer.

Damião amava viajar. Na época da pandemia ficou deprimido porque não se podia viajar. Falava que estava perdendo tempo de vida. Nem de longe foi um homem solitário. Teve muitos amigos, todos interessantes. Um deles gostava mais de viajar que ele, se é que isso é possível. Eu nunca soube que fim teve esse louco. Damião jura de pé junto que esse amigo foi abduzido em uma viagem que fizeram juntos para Nazca. Conta com detalhes que lá foram convidados por um ET para entrar no OVNI. E o amigo, compulsivo por viajar, aceitou conhecer outro planeta. A Terra já estava pequena para ele. Só sei que nunca mais foi visto. Como Damião nunca assumiu riscos na vida, preferiu não acompanhar seu amigo em uma viagem tão diferente e voltou sozinho do deserto.

Um outro amigo era um professor do ensino médio – a bem da verdade, foi um ótimo professor de cursinho. Atualmente engana os alunos incautos como professor universitário, com seu jeito simpático e cheio de adjetivos. O cara era tão vaidoso, tão vaidoso, que nos seus encontros não deixava ninguém falar nada. Só falava das suas conquistas profissionais e pessoais. Damião ria muito com isso. Achava curioso como uma pessoa podia ser tão ensimesmada e não conseguir ouvir seus amigos ou olhar um pouquinho o que está a sua volta.

Um outro amigo importante foi aquele falador. O sujeito tinha problemas com maconha. Antes de se perder neste vício, viajaram muito e estiveram sempre juntos. Mas o cara era muito estranho. Além da maconha diária, também tomava muitos suplementos. Acabou morrendo por overdose de vitamina C. Damião ficou muito triste com essa partida, e parou de viajar por um bom tempo. Depois, conseguiu superar a perda. Isso explica sua enorme dificuldade em se apegar afetivamente a alguém.

Seu Damião, como dito acima, não gosta de assumir riscos. Nenhum. Se alguma coisa tem a mínima possibilidade de dar errado, ele nem tenta. Mesmo que ele tenha certeza de que vai dar certo, não topa se arriscar. Adora futebol, ama o Botafogo. Mas, dentro daquele perfil discreto, também não faz alarde desta preferência para não zombarem dele em caso de derrota. Acompanha a política. Não que seja de esquerda ou de direita, não tem ideologia. Só gosta de votar no candidato que vai conceder um reajuste salarial na sua aposentadoria. Se o candidato prometer aumento, ele vota. Tem todas as características de um ateu. Mas acabou católico por causa da escola. Se benze, tem temor a Deus, medalhinha e tudo, mas nunca foi visto dentro de uma igreja. Nem esse risco ele assume. Seu único risco de toda vida foi jogar na loteria. Joga toda semana, nunca se esquece.

Você, que leu até aqui essa história, deve estar pensando o que deu errado na vida dele. Nada. Vou resumir: teve uma infância feliz e uma adolescência melhor ainda, estudou no exterior, foi funcionário público e nunca teve que trabalhar muito, viajou para o mundo todo gratuitamente, perdeu seus pais velhos e rapidamente, sem ter que cuidar deles doentes, recebeu uma pequena herança, sempre teve muitos amigos, teve uma mulher incrível, foi bom pai, bom filho e bom avô, nunca se meteu em riscos, nunca se estressou com nada, não perdeu ninguém antes da hora, nunca teve dívidas, nunca ficou gravemente doente, nunca teve problemas no trabalho, se aposentou com um bom salário e nunca teve brigas sérias com seus familiares. Quer dizer, nada deu errado na vida dele. Passou milagrosamente incólume neste mundo, desviando de qualquer coisa que pudesse dar minimamente errado. Um fenômeno. Quase um milagre.

Não bastasse uma vida tão boa, com tanta sorte, aos 75 anos, ele finalmente ganhou na loteria. Era o que faltava para coroar esse plano vitorioso do destino. Embolsou milhões. Chegou até a trocar de carro, mas nada de luxo. Pelo menos passou a se hospedar em hotéis de três estrelas, deixando as vagas de albergue com banheiro no corredor para estudantes. "Agora é só suíte", disse na época.

Mas a cereja do bolo que ainda não contei é que Damião é meu pai. E para comemorar os 100 anos, fui com ele ao Japão. Ele continua em forma, magrinho, lúcido. Come pouco, sempre lentamente, mastigando bem devagar. Mas ainda bebe muito. Não parece que tem essa idade.

Eu dou uns 80 para ele. É conservado em álcool, como dizem.

Acabamos de chegar em casa do aeroporto.

– Meu filho, adorei a viagem e a sua companhia – me deu um beijo e explicou: – O Japão é muito longe. Na próxima vez, irei de executiva. Cansei da classe econômica. Vou tomar um banho e tirar uma soneca. Me chama pra almoçar quando a mesa estiver pronta.

Duas horas depois, fui chamá-lo. Estava deitado, tranquilo.

– Papai, papai, acorda pra almoçar. Hoje tem aquele feijão carregado que você adora. Papai? Papai...

Meu herói morreu do mesmo modo que viveu, sem problemas, sem dores, sem sofrimento. Um abençoado.

ENFRENTOU OS POLICIAIS Á BALA

O investigador faleceu ao ser socorrido — Tambem ferido um soldado — O criminoso foi preso com a arma roubada do tio — O policial deixa viuva e dois filhos

Alaór Meireles, durante o tempo que serviu como guarda municipal no Estado do Rio, se viu processado pela Justiça, motivando daí sua demissão.

Decretada sua prisão preven-

ALAOR MEIRELLES — O frio criminoso, que contra a vontade, deixou-se fotografar

tiva e, como se tratasse de individuo perigoso, determinou o delegado de Nilopolis sua captura, pois era visto constantemente transitando pelas ruas do município.

Ontem, na avenida João Pessoa, proximo a praça Paulo Frontin, o investigador Pedro Ernesto dos Reis, de 29 anos (rua Lira, 67, Neves, Niterói) e o soldado João Gabriel da Mota, de 32 anos, do 1º Batalhão da Policia Militar do Estado (rua Iguaçu, 543 Caxias) avistaram Alaór e se apressaram a dar-lhe voz de prisão.

REAGIU A BALA

A principio o ex-guarda não acreditou na intimação, mas logo que se convenceu da realidade, sacou do revólver e passou a atirar nos policiais, não lhes dando nenhuma chance para se defenderem.

Pedro Ernesto recebeu três tiros que ocasionaram ferimentos penetrantes no flanco direito, região precordial do mesmo lado e torax, enquanto o militar tombava com ferimento transfixante na região clavicular esquerda. Ainda foi atingida a doméstica Elza da Mata Franco, de 39 anos (rua Manoel Rodrigues, 109), com ferida transfixante na perna esquerda, que passava pelo local na ocasião.

MORREU O INVESTIGADOR

Socorrido no Hospital Carlos Chagas, veio o investigador a falecer quando recebia os primeiros curativos. O soldado Gabriel cujo estado é grave, ficou internado, tendo a doméstica se retirado depois de medicada.

O cadáver do policial foi removido para o necrotério do Instituto Médico Legal a fim de ser autopsiado.

Por sua vez as autoridades fluminenses determinaram diligências por todo território, a fim de ser capturado o assassino que conseguiu fugir após a fuzilaria que desfechou.

PRESO O CRIMINOSO

Momentos depois a Policia de Nilópolis conseguia localizar o criminoso, que estava homisiado na casa de fundos da rua Comendador Soares, 1987, naquele município. Em seu poder a Policia apreendeu uma pistola 7.61 marca "Mab" numero 111.704, pistola esta que fora roubada do seu tio Luiz e cuja queixa motivou a ordem de prisão do ex-guarda, que dela se apossara indevidamente.

Préso Alaór, foi levado para a Delegacia de Nilópolis, onde prestou depoimento perante o delegado Luciano Leite da Silva. Também foi présa sua irmã Aurea Amaral Meireles, casada, de 24 anos (rua Carmela Dutra, 1952) que se encontrava com Alaór, quando se verificou o primeiro tiroteio, com o soldado da Policia Militar João Gabriel da Mota.

Alaór, depois de haver tentado matar o guarda, foi novamente localizado, desta vez pelos investigadores Iraci Lacerda, Pedro Ernesto dos Reis e pelo Auxiliar Siqueira, que, juntamente com o soldado que havia sofrido o primeiro atentado, investiram contra o acusado que pressentindo a presença da comitiva policial, sacou de sua arma, fazendo fogo contra o grupo. A cena de sangue verificou-se no centro comercial de Nilópolis, na Praça Paulo de Frontim, esquina da rua Carmela Dutra.

AVISADO PELA IRMÃ

O delegado Luciano Leite da Silva, em declarações ao DIARIO DA NOITE informou que dera ordens ao soldado para detê-lo, pois havia contra Alaór além de uma prisão preventiva decretada, a queixa do roubo da pistola pertencente ao seu tio Luiz. O soldado, dirigiu-se a casa da irmã do acusado, dando-lhe ciência de que tinha ordem para detê-lo. Aurea Amaral Meireles, saindo para fazer compras, avistou o irmão cientificando-o do que ocorrera. Momentos depois era Alaór surpreendido no Bar Capela, pelo soldado, que lhe deu voz de prisão. O ex-guarda sacou rápido de sua arma fazendo fogo contra o militar, fugindo a seguir. O soldado pediu refôrço, organizando-se a comitiva que indo

PEDRO ERNESTO DOS REIS — O policial morto em missão aparece em sua mais recente foto.

ao seu encontro, foi recebida a bala.

O investigador Pedro Ernesto dos Reis, estava apenas há um mês servindo na Delegacia de Nilopolis, tendo vindo de Volta Redonda, em companhia do delegado Sergio de Alencar, que ao ser cientificado da ocorrência, ficou transtornado.

Pedro Ernesto deixa viuva e dois filhos e seu corpo será levado para Niterói, por determinação do Secretário de Segurança Publica do Estado.

No Mercado de Câmbio Livre, ao término do ano, os Bancos procuravam cobrir posições vendidas

Escassez de cobertura — Posição do cruzeiro no exterior

No funcionamento do mercado de cambio livre, ontem, registrou-se escassez de cobertura. Os bancos particulares procuravam cobrir posições vendidas, em virtude do encerramento do balanço de fim de ano.

Não houve, entretanto, modificação da cotação do dollar, que se manteve em condições favoraveis ao Cruzeiro.

POSIÇAO DO CRUZEIRO NO EXTERIOR

Aliás, o titular da Fazenda recebeu, a proposito da posição do Cruzeiro no exterior, o seguinte telegrama firmado pelo sr. Franz Pick, diretor do "Pick's World Currency Report", que se edita em New York:

"Tenho a grata satisfação de informar-lhe que na edição de janeiro do "Pick's World Currency Export", edição esta que estuda os acontecimentos de ordem monetaria do ano, muito provavelmente far-se-á referencia ao Cruzeiro como a melhor moeda do ano.

Até o momento, nenhuma moeda melhorou tanto nos mercados livres, quanto a unidade monetaria do seu país".

Bem aceita, nos circulos comerciais, a reforma tarifária

— Um passo adiantado para a reforma cambial

Nos circulos ligados à Associação Comercial e ao comercio de importação, a reforma tarifaria enviada pelo Governo ao Congresso está sendo recebida com gerais aplausos.

Salienta-se, a proposito, que se trata de um adiantado passo para a reforma cambial, uma vez que atualmente os leilões e os agios suprem a deficiencia resultante de possuir o Brasil apenas tarifas obsoletas. Com barreiras alfandegarias compatíveis com a atual conjuntura, mais facil ficará a reforma cambial de ser levada a cabo.

ELOGIADOS OS MEMBROS DA COMISSÃO REVISORA DE TARIFAS

Baixou o ministro da Fazenda portaria, elogiando os componentes da Comissão Revisora de Tarifas Aduaneiras, que era chefiada pelo sr. Mario Guaraná de Barros, e constituida por mais 14 funcionarios daquela pasta, em virtude da elaboração do ante-projeto da reforma aduaneira.

Tambem foi mencionado na portaria o sr. Moacyr Sabola, diretor de Rendas Aduaneiras, que colaborou no referido trabalho.

Matou-se na rua

No cruzamento das avenidas N. S. de Copacabana e Prado Junior, ontem, pôs termo à vida ingerindo violento toxico, o operario Jaime Teles, de 24 anos (avenida Atlantica, 248), cujo cadaver, com guia das autoridades do 2.º Distrito Policial, foi removido para o necroterio do Instituto Médico Legal.

OFICIAIS DA MARINHA ARGENTINA CONDECORADOS PELO GOVERNO BRASILEIRO — O almirante Otávio da Silveira Carneiro, comandante em chefe da Esquadra brasileira, homenageou, ontem, a Fôrça Tarefa de Instrução Argentina, ora ancorada no Pôrto desta Capital. Após o almoço oferecido à oficialidade daquele pais amigo, foram condecorados com a Medalha Naval de Serviços Distintos o Comandante da Fôrça Argentina, capitão de Mar e Guerra José Maria Gusman, e os capitães de Mar e Guerra Juan Carlos Bastos, Carlos San Pietro e Rafael Bastos. O flagrante fixa um aspecto da solenidade.

24. Laor

No século do progresso

O revólver teve ingresso

Pra acabar com a valentia[i]

i - "Século do progresso", Noel Rosa (domínio público/Mangione & Filhos).

Ninguém sabe ao certo o que aconteceu naquele tiroteio, em plena luz do dia, no coração de Nilópolis. Mas o fato se deu entre o guarda Alaor Meireles, mais conhecido como "Laor", e o jovem investigador de polícia Pedro Ernesto dos Reis, que acabara de passar para o concurso de Comissário de Polícia e ainda não tinha assumido o cargo. Além de muito inteligente e estudioso, o jovem investigador era um homem bonito com olhos azuis bem chamativos.

Laor era guarda noturno e fazia ronda a pé, sempre entre dez da noite e cinco da matina. Percorria as ruas soprando um apito. Era uma ação preventiva da polícia que tinha como objetivo velar pelas pessoas que dormiam e, assim, evitar que os ladrões de casa, chamados "pé de pano", entrassem nas residências na madrugada.

Esses gatunos também eram conhecidos como ventanistas. Entravam pela janela sem fazer barulho, roubavam objetos de valor e saíam sem acordar os moradores. Para isso, vestiam uma indumentária apropriada, uma calça muito apertada, colada na perna, para não ficar enganchado em alguma coisa durante o assalto. O sapato era sempre de pano, e tinha uma espécie de solado com pino de algodão, como se fosse uma chuteira feita para não fazer barulho. Outro apelido para este tipo de meliante era "malandro agulha", quer dizer, que entrava em qualquer buraco.

Acontece que Laor extrapolava suas funções de guarda noturno. Aproveitava a ronda para observar as casas que dormiam de janelas abertas, as casas mais fáceis de entrar, as que pareciam ser as mais ricas ou as casas em que os moradores estavam viajando. Estas valiosas informações ele repassava para os ladrões, que, então, podiam agir com mais assertividade e tranquilidade.

Como nada dura para sempre e o crime só compensa para os advogados, um dos bandidos se deu mal: esbarrou em um vaso durante o roubo e foi preso em flagrante pelo morador. Na delegacia, após alguns "carinhos" do feroz delegado de plantão, a cumplicidade de Laor foi revelada e todo o esquema do qual ele fazia parte desmoronou. Acabou sendo expulso da corporação e condenado à prisão. Antes de ser preso, porém, desapareceu de Nilópolis para morar na capital.

Tempos depois, em uma manhã, Laor foi visto perambulando perto do cinema do Centro de Nilópolis, ao lado da irmã Áurea. Na hora foi identificado por um guarda municipal que ligou para a delegacia e fez a denúncia. Do outro lado da linha atendeu o investigador Pedro Ernesto, que já conhecia a história pregressa do homem e rapidamente se dirigiu ao local do avistamento de Laor, devidamente escoltado por um PM. Para azar de Pedro

Ernesto, Laor pressentiu que estava sendo seguido e acabou sacando sua pistola.

Após uma rápida troca de tiros, os dois policiais foram feridos pelos disparos certeiros de Laor. O policial militar que acompanhava Pedro Ernesto foi ferido na perna e o investigador, no tórax. Com os homens caídos no chão, indefesos, Laor aproximou-se de Pedro, inclemente e frio, e desferiu mais dois disparos fatais à queima-roupa. Deu a impressão de que Laor já conhecia o investigador e aproveitou a ocasião para acabar com a vida do seu desafeto.

O investigador Pedro Ernesto morreu com apenas 29 anos de idade, deixando uma jovem e bela mulher com três filhos pequenos, sendo dois meninos e uma menina, todos com os olhos do pai.

Laor foi finalmente preso, respondeu em juízo a todos crimes que havia cometido e foi condenado. Fugiu da penitenciária algumas vezes e foi reconduzido à prisão outras tantas. Anos mais tarde, já liberto, de volta a Nilópolis, acabou sendo morto na porta de um botequim, no centro da cidade. As testemunhas que presenciaram sua morte afirmam que não houve briga ou discussão. O atirador, um jovem de olhos azuis, encarou a vítima por alguns segundos, sacou a pistola e disparou três tiros no seu peito, saiu do local e sumiu na multidão. Ironicamente, Laor morreu com a mesma quantidade de balas que usou para matar o investigador Pedro Ernesto, muitos anos antes...

CIA DE ÔNIBUS
ACERVO: PAULO ROBERTO (PAULÃO)

25.

Ni & Zé Godá

Meu coração tem mania de amor

Amor não é fácil de achar

A marca dos meus desenganos ficou

Só um amor pode apagar[i]

i - "Foi um rio que passou em minha vida", Paulinho da Viola (Irmãos Vitale).

Maria Antonieta, era o nome da viúva de Pedro Ernesto dos Reis, o investigador de polícia morto no conto anterior deste livro. Ninguém a conhecia pelo nome da imperatriz austríaca e, sim, pelo carinhoso apelido de "Ni". Sua história começa a partir da morte do seu valente marido. Era uma morena linda, cabelos longos, escorridos, com traços indígenas, de apenas 27 anos. Foi esposa devota e, todas as manhãs, ajudava o marido a fazer o nó da gravata. Naquele tempo, os investigadores da polícia civil ainda trajavam terno e gravata. Coisa fina. Tinha orgulho do seu companheiro, pai dos seus filhos. Após a morte dele, não conseguiu receber a pensão alimentícia do falecido. É que o finado não havia se casado com ela "no papel". Isso obrigou Maria Antonieta a oferecer seus serviços de costureira na vizinhança para conseguir sustentar a prole.

Ni tornou-se uma mulher independente, autônoma. Por isso, vivia uma vida livre de culpas ou arrependimentos. Gostava de namorar e tinha um bom currículo de amores, nada secretos. Não era discreta e ainda tinha o péssimo hábito de levar seus namorados para casa. Isto rendeu a Ni problemas com o filho mais velho e com os avós dos netos, que classificavam esse hábito como inapropriado para as crianças. Afinal, Ni vivia em uma casa de poucos cômodos e as paredes eram muito finas.

José Goda da Silva, vulgo Zé Godá, não desgrudava do radinho de pilha, seu companheiro inseparável. Adorava ouvir a rádio Nacional e as suas partidas de futebol. Era louco pelo Botafogo. Era um tipão, alto, bonito e charmoso, e ainda era amigo de todos, simpático, cheio de "obas" e "olás", de "vai com Deus" e "fique com ele", essas coisas que se falava e se ouvia pelas ruas daqueles tempos. Morador do Barreto, um bairro com ares de subúrbio, povoado de gente pobre, trabalhadora e ordeira, Godá não ficava fora deste perfil social. Casado com Neusa, era pai de duas lindas meninas e um rapaz.

Trabalhava como motorista na viação Ingá. Pegava no batente cedinho e fazia a linha Charitas-Fonseca. Uma rotina dura atrás do volante pesado daquele ônibus Mercedes-Benz 371U, de 136 cavalos. Pegava às onze da manhã e só voltava para casa perto da meia-noite. A entrada de passageiros era pela parte de trás do veículo e a saída, pela frente. Havia um motor que ficava bem ao lado do motorista e lembrava um sarcófago. Nos meses de calor, não bastasse a escaldante temperatura, ainda por cima havia este motor ajudando a aquecer mais o ambiente. O interior do veículo virava a sucursal do inferno, carregando dezenas de passageiros, boa parte em pé. Mas nada disso tem importância nesta história. O motorista bonitão, apesar de casadíssimo, também era um namorador. Adorava um rabo de saia. Chifrava direto sua digníssima esposa. Homem probo, voltava para casa pontualmente às 23h30. Religiosamente, frequentava a santa missa aos domingos com a família.

Foi Deus quem colocou Maria Antonieta sentada na primeira fila do ônibus, ao lado de Zé Godá. A bela viúva imediatamente percebeu aquele atraente homem dirigindo o ônibus. Por sua vez, Zé Godá também ficou fascinado pela presença daquela jovem senhora.

Zé Godá, como bom malandro, não usava aliança. Guardava o "bambolê de otário" dentro da carteira quando saía de casa pra não atrapalhar as suas investidas. O que ele ainda não sabia era que Ni não se importava com o fato de ele ser comprometido.

Aquele encontro com Zé Godá despertou uma sensação estranha em Ni. Ela sempre afirmava que não queria mais se casar e nem compromisso fixo com outro homem. Ao contrário das mulheres daquela época, era ela que levava os homens para a cama, e não o contrário. Entre um namorado e outro, acabou ganhando mais uma filha. Mas seu coração tinha mania de amor. E amor não é fácil de achar.

Galanteador, Zé Godá acabou conquistando o sofrido coração de Maria Antonieta. Na realidade, o encontro de Maria Antonieta e Zé Godá foi intenso, com uma química impressionante. Apesar de ele nunca ter assumido oficialmente os filhos dela, sempre ajudou a amada com algum dinheiro nos momentos de necessidade. E verdade seja dita, tratava as crianças com muito carinho e amor.

Ni todo dia fazia um café da manhã caprichado, embrulhava tudo cuidadosamente e esperava o ônibus que seu amado vinha dirigindo. Subia no carro pela porta da frente e acompanhava-o até o ponto final. No intervalo de descanso ele tomava o café da manhã trazido pela amada. Em seguida, iniciava nova viagem de volta para o Fonseca, deixando-a em casa. Mas não ficava só nisso. Lá para o meio-dia, ela fazia novamente o mesmo trajeto para levar o almoço fresquinho para ele. Geralmente, ia acompanhada de uma criança. Primeiro foram os filhos, depois passaram a ser os netos. Ele adorava aquele mimo. A bem da verdade, esse passeio para as crianças era meio monótono. Mas, como as crianças daquela época ainda não tinham muito querer, nem adiantava reclamar, restando a elas dormir dentro do ônibus enquanto o casal conversava pelo caminho.

Todos os dias do ano Zé Godá ia jantar na casa da sua Ni, sem faltar um. Era café e almoço na rua e jantar em casa.

Havia uma rotina estabelecida. Ele chegava por volta das 19h30. O banho já estava pronto, chinelo separado, toalha cheirosa. A roupa do trabalho era pendurada em um prego na porta do banheiro. Preferia o banho de bacia, não gostava de chuveiro. Depois do banho, colocava um pijama, calçava os chinelos. Sentava-se na sala para ver um pouco de TV enquanto Maria Antonieta penteava seus cabelos com um pente de madeira, fazia massagem na sua cabeça com óleo de lavanda e passava Leite de Rosas na sua barba. Um luxo. Depois de limpo e penteado, sentava para jantar. Ninguém podia comer antes dele. A comida ficava intacta, esperando-o sentar. O melhor bife ou o peito de frango eram sempre dele. Era o rei do pedaço. Nenhuma das crianças tinha querer ou falar. A pessoa mais importante da casa era ele.

Findo o jantar, ele ia para o quarto, "descansar um pouco". Ela sempre aumentava o volume da televisão para ele ouvir o Jornal Nacional deitado. Era muito amor.

Zé saía de casa de Ni pouco antes da meia-noite e partia na sua carruagem de abóbora.

Uma vez por semana, tirava folga. Nestes dias, aparecia pela manhã, com pão embaixo do braço. Tomava café com as crianças. Estas folgas semanais eram a lua de mel do casal. Ciosa com os filhos, Ni passou a colocar a prole do lado de fora da casa durante uma hora, ou mais. Não queria que as crianças ouvissem alguma coisa durante seu encontro íntimo com Zé. Todos ficavam aguardando na rua enquanto o casal matava as saudades semanais com mais calma. Então, colocava todo mundo de volta para dentro como se nada tivesse acontecido. Quando a folga de Zé Godá caía em um domingo ou feriado, ele levava as crianças para comer pastel e tomar suco de maracujá na feira.

Quando ele não aparecia para trabalhar, Ni mandava uma das crianças à casa dele para saber se estava doente. É isso mesmo, a vida dupla dele não era segredo para ninguém.

Ni e Zé Godá namoraram por mais de 20 anos se vendo somente até perto da meia-noite. Apenas uma vez por ano eles passavam uma noite inteira juntos. Era do dia 31 de dezembro, no seu plantão de final de ano. Foram felizes desta inusitada maneira.

No dia do enterro de Zé Godá, as duas famílias estavam reunidas em torno do falecido, lado a lado, sem brigas.

Meu sonho é ser um Zé Godá.

Os nomes das canções, autorias e editoras foram recolhidos no site oficial do Ecad.
Disponível em:

https://www.ecadnet.org.br

Esta discoteca tem uma playlist no Spotify com as gravações preferidas do escritor, e pode ser acessada pelo código QR abaixo ou buscada pelo nome:

CONTOS QUASE REAIS

Fototeca

Pracinhas (FEB) (p.12)
Acervo Arquivo Nacional. Fundo Agência Nacional.

Princesa Isabel 2 (p.138)
Pacheco, Joaquim Insley, 1830-1912
Descrição: Negativo de segunda geração: n. 05977, triacetato de celulose (DiMic)
Retrato da Princesa jovem, de corpo inteiro, em pé, voltada para a direita, ao lado de um cãozinho que está sobre uma mesa.

Casa Colonial Botafogo (p.68)
Residência do embaixador norte-americano (atual Escola Alemã Corcovado) Autoria não identificada - Instituto Moreira Salles Ano 1945.

As fotos dos contos **ANUSCOPIO, ANTONIA:** ato 2 **Cafofo** e **RETRATO CANTADO** são de **CARLOS LEVITANUS.**

IMPORTANTE:

Demais imagens utilizadas na obra são de domínio público e/ou de bancos de imagens de uso coletivo e estão sob a licença Creative Commons Zero (CC0).

Agradecimentos

Os amigos que listo aqui me contaram histórias, deram sugestões e me ajudaram com os detalhes que eu não sabia ou havia esquecido de várias histórias que trago neste livro. Em ordem alfabética, são eles: Adriana Ninsk, Aldir Blanc (em memória), Alfonso Murillo, Amanda Chagas, André Diniz, Antônio Medeiros, Carlos Didier, o Caola, Cristiane Romeu, Diogo Cunha, Dora Carino, Eliane Arburuas, Elizabete Castro, Felipe Proença, Giovanna Romeu, Guttenberg de Almeida, João Lyra, Joe Montenegro, José Francisco Olivas, Juliana Lins, Laura Emmerich, Luciana Barcellos, Luís Carlos Reis, Luiza Carino, Marcinho Proença, Marco Antônio Cabral, Marcos Gomes, Marcus Lima, Marisa Porto, Mirtes Maia, Rosangela Ferreira, Thais Marques, Zé Luiz Lopes. Espero não ter esquecido ninguém.

Agradecimento especial a minha filha Julia Carino, ouvinte sempre interessada nas minhas histórias, que leu os originais, apontou erros, deu boas ideias e sugestões para a finalização do livro.

Agradecimento especial também a Luciana Figueiredo, que foi muito mais que consultora editorial deste livro, me estimulando a melhorar as histórias, dando sugestões, brigando por ideias, sendo fundamental para o resultado final. Minha eterna gratidão e admiração.

Edição
Adriana Maciel

Produção Editorial
Jul

Projeto Gráfico
Rafael Frederico

Capa
Rafael Frederico e Jul

Foto da Capa
Nebulosa Pedra da Gávea
por KarlaFPaiva na Wikipedia
(CC BY-SA 3.0)

Foto da Orelha
Lucas Porto

Pesquisa de Imagem
Marcos Nascimento

Edição e Colaboração de Texto
Juliana Lins

C277c Carino, João

Contos quase reais / João Carino.
Rio de Janeiro : Numa Editora, 2024.

232 p. : il. ; 13,5cm x 20,5cm.

Inclui índice.
ISBN: 978-85-67477-93-0

1. Literatura brasileira. 2. Contos. 3. Ficção. I. Título.

2024-3433 CDD 869.89923
CDU 821.134.3(81)-31

Elaborado por Odilio Hilario Moreira Junior - CRB-8/9949

Índice para catálogo sistemático:
1. Literatura brasileira 869.8992
2. Literatura brasileira 821.134.3(81)

numa

contato@numaeditora.com
@numaeditora
numaeditora.com

Este livro foi composto em Minion Pro (texto) e Montserrat (títulos),
e impresso em Papel Pólen Natural 80g
para a Numa Editora, em 2024